No labirinto da literatura,
somos resgatados pelo fio da narrativa.

Anônimo, "De asterionis fabula"

O PERDÃO DOS PECADOS

TÍTULO ORIGINAL: *El Perdon de los Pecados*
© 2003 António Fontana Gallego
TRADUÇÃO: Luís Filipe Sarmento
ADAPTAÇÃO: Walter Sagardoy
1ª REVISÃO: Walkíria Maria de Felice
2ª REVISÃO: Mosaico de Letras Produção Editorial
DESIGN DE CAPA: FBA
DIAGRAMAÇÃO: Lumiar Design Estúdio
IMPRESSÃO E ACABAMENTO: Edições Loyola
para Almedina Brasil em fevereiro de 2011
ISBN: 978-85-63920-01-0

Dados Internacionais de Catalogação na Publicação (CIP)
(Câmara Brasileira do Livro, SP, Brasil)

Fontana, António
O perdão dos pecados / António Fontana ;
tradução Luís Filipe Sarmento ; adaptação
Walter Sagardoy. -- São Paulo : Minotauro, 2011.

Título original: El perdon de los pecados.
ISBN 978-85-63920-01-0

1. Ficção espanhola I. Sagardoy, Walter.
II. Título.

11-00286   CDD-863

Índices para catálogo sistemático:
1. Ficção : Literatura espanhola 863

MINOTAURO é uma editora pertencente a Edições 70, do Grupo Almedina.

Direitos reservados para o Brasil por Almedina Brasil, Ltd.

ALMEDINA BRASIL, LTD.
Alameda Lorena, 670, Jardim Paulista – São Paulo – SP – Brasil
Tel. /Fax: +55 11 3885-6624
E-mail: brasil@almedina.com.br

www.almedina.com.br

Todos os direitos reservados. Nenhuma parte deste livro, protegido por copyright, pode ser reproduzida, armazenada ou transmitida de alguma forma ou por algum meio, seja eletrônico ou mecânico, inclusive fotocópia, gravação ou qualquer sistema de armazenagem de informações, sem a permissão expressa e por escrito da editora.

Antonio Fontana

O PERDÃO DOS PECADOS

Tradução
Luís Filipe Sarmento

MINOTAURO

Para Nacho.
Por Nacho.

... não se pode ser feliz no exílio ou no esquecimento.
Não é possível continuar a ser sempre um estrangeiro.
O Mal-Entendido
ALBERT CAMUS

PRIMEIRA PARTE

Acordo de repente. Com aquela sensação de pudor que nos tolhe quando tememos que fomos observados enquanto estivemos mais vulneráveis: enquanto dormimos, vencidos pelo cansaço, pelo aborrecimento ou por muitas horas de vigília; a boca aberta numa expressão de assombro, o corpo desprotegido e exposto a olhares indiscretos, curiosos e perscrutadores.

Apoio a cabeça na janela. Do outro lado, o céu: uma nuvem barriguda, cinzenta, interminável, que me acompanha na minha viagem a...

"Na minha viagem?", questiono-me. "Na minha viagem para onde?" E a surpresa se transforma em inquietação: "Onde estou?"

Alarmada, ponho-me de pé. O trem balança fortemente e perco o equilíbrio, mas as minhas mãos reagem com rapidez e me agarro no assento da frente. Com o cenho franzido, olho à minha volta: o vagão está vazio. Saber que nenhum estranho espiou o meu sono não me tranquiliza: o que me tranquilizaria é saber o que faço aqui.

O coração bate tão forte que posso senti-lo nos ouvidos: tão depressa que parece estar a ponto de explodir;

tão forte que se sobrepõe ao ruído do trem em movimento.

Tento manter a calma, convencer-me de que estou tendo uma alucinação, um pesadelo. De onde quero sair. Por isso, avanço para a porta. "Atrás dela a realidade me espera", penso. "Atrás dela acabará o meu sonho." Mas os meus passos — pesados, lentos — são os que dariam alguém em um sonho. Passos que não aproximam: afastam.

A porta se abre. À minha frente, o rosto, o sorriso educado do inspetor do trem. "Verificação de rotina", parecem dizer os olhos dele, que percorrem o vagão com um olhar experimentado.

— Os lavabos encontram-se no corredor, à sua direita — diz, ao ver-me hesitar. E como se quisesse concluir uma conversa que ficara pendente: — Não lhe disse? A essas horas não viaja ninguém. E muito menos para Barranca. — Inclina a cabeça e sai.

"Não lhe disse?"

Reparo nas suas palavras e naquela inclinação de cabeça com que acaba de se despedir: um gesto antigo, caído em desuso, inabitual. Um gesto que me faz reconsiderar.

"... E muito menos para Barranca."

E as peças — clique — encaixam.

"Não, não é um pesadelo", reflito, regressando ao meu lugar. "Não seria um pesadelo!"

Recordo — agora, recordo — que, no momento de entrar no trem, o inspetor, afável, atento, me cumprimentou, tirando o boné (outro gesto antiquado, desses que não fazem o estilo dos jovens). Depois de pegar minha mala, acompanhou-me até o meu lugar e, antes de me devolver o bilhete, disse: "Hoje, quase ninguém mais viaja para Barranca. O trem raramente para ali".

Então, compreendo o que faço aqui e onde estou.

"*Ángela...? Ángela, filha, não se altere e escute...*"

A voz do senhor Gabriel ressoa nos meus ouvidos, nervosa, atabalhoada, e é como se o tempo retrocedesse, como se eu tivesse acabado de desligar o telefone, tentando assimilar as más notícias. "Não é verdade, não pode ser verdade, é impossível que seja verdade", como se fosse ontem, e depois de perceber que a minha mente parou, o meu corpo assumira o comando, porque é o meu corpo que, sem esperar qualquer ordem – "desperte", "saia da cama", "movimente-se" –, reage; é o meu corpo que, sem receber ordem alguma – "vista-se", "faça a mala", "chame um táxi" – assume o controle; e são as minhas mãos – que não parecem minhas; que não reconheço como minhas; que olho hipnotizada como se pertencessem a outra pessoa ou tivessem vida própria – que, lutando contra a artrite, me abotoam o vestido, procuram no armário do quarto e vão retirando as peças uma a uma. "Não quero ir embora", protesto. Surdas, as minhas mãos preparam a bagagem, e a fecham, e verificam o pequeno cadeado, e guardam as chaves no bolso, e escolhem um livro ao acaso, com a esperança de que eu tenha vontade de ler. E deixo-me levar. Pelo táxi que não demora a apanhar-me. Por este trem que abandona Madri de madrugada.

O trem que me leva a Barranca é uma peça de museu, que ameaça desfazer-se. Se continua a funcionar é por teimosia.

Vê-se que lhe custa, que cada puxão da locomotiva pode ser o puxão final. Quando parar será para sempre; mas, entretanto, avança obstinadamente entre solavancos e arquejos. Os trilhos protestam sob o seu peso, sinal de que esta via que só ele conhece e em cada viagem reconhece, esta via que dentro de pouco tempo alguém encerrará e apagará dos mapas, não é mais jovem.

Disposto, decidido, determinado a chegar: assim vai o trem que me leva. Como se chegar ao seu destino fosse importante. O mais importante. A única coisa importante.

Os meus ouvidos acusam a mudança de pressão quando o trem entra no túnel. Engulo saliva, incomoda; embora o que realmente me incomode é ter sido privada da paisagem. Que, mais do que um entretenimento ou um descanso para a vista, era uma desculpa para não pensar. Para não ter de pensar.

Poderia abrir o livro que repousa sobre o meu colo.

"Ontem à noite sonhei que tinha regressado a Manderley."

Poderia ler durante uns momentos.

"A casa era uma sepultura, e ali estavam as nossas angústias e sofrimentos enterrados nas ruínas…"

Contudo, deixo que a minha mente divague. Que se distraia com os odores do vagão. Odores que parecem ter-se mantido à margem, num discreto segundo plano, e que, agora, me invadem, aproveitando o fato de eu ter baixado as defesas. Odores gastos pelo tempo. O odor das coisas que estão e o odor das coisas que não estão.

O trem que me leva – como é que não notei antes? – cheira a tecido de cortinas, lavadas mil vezes e mil vezes descoloridas; cheira ao plástico dos assentos, escurecido pelo roçar constante de corpos fatigados; cheira também ao couro de quantas malas teria transportado.

Sobretudo a isto cheira este velho trem: a couro.

E é, então, dentro do túnel, quando o passado me atinge.

Estou sentada no colo do meu pai. O interior da sua desconjuntada camioneta – Mudanças Martín – cheira a couro. As minhas mãos de menina – mãos inquietas, desajeitadas, diminutas – tentam agarrar o volante. O pai ri às gargalhadas e imita o ruído do motor – "brum, brum, brum" – enquanto as suas mãos, quentes como o sol, fecham-se protetoras sobre as minhas.

Mãos que agarram mãos, que agarram um volante: com esta recordação começam as minhas memórias.

Do meu pai mal conservo outras recordações: a sua figura inclinada sobre o berço de Tecla, a memória de um beijo. Embora não saiba se a recordação do último beijo que me deu é uma recordação real ou uma recordação inventada pela necessidade de crer que houve um beijo, um último beijo naquele último dia, antes de o pai ter desaparecido para sempre das nossas vidas. Enquanto me beijava, enquanto me inoculava o veneno da fuga, eu não sabia que era o seu último beijo – saberia depois, mas não naquele preciso instante, como também não soube então que aquela era a última manhã que passávamos juntos e que nessa noite ele já não voltaria, nem na seguinte, nem nunca — e, por isso, não tive consciência da sua importância ou do seu significado até que os dias começaram a confundir-se uns com os outros; até que comecei a sentir a sua falta; até que nos olhos da minha mãe, cujo olhar se ia perdendo cada vez mais na lonjura, tornando-se inalcançável, surpreendi o brilho de uma luz que não era luz: eram lágrimas coalhadas de luz. Deixei de esperar o regresso de meu pai quando compreendi que minha mãe, na sua calada resignação, também já não tinha ilusões.

A minha mãe, que nunca teve uma palavra mais alta que outra... A minha mãe, a quem nunca ouvi a mais pequena censura... Também a beijou com um beijo furtivo que só ele saberia que era o último?

O beijo que meu pai me deu foi um beijo quente, como as suas mãos. Ou será que o tempo adornou esta memória? Talvez os lábios dele mal me tivessem tocado. Talvez fosse um beijo sonhado. Um beijo inventado ao qual se seguiram três palavras: "Cuide da Tecla". Nada de "Adeus, minha filha" ou "Vou embora, já não aguento mais". Nada de "Perdoe-me" ou "Um dia você irá compreender", o tipo de desculpa esfarrapada que alguém balbucia, depois de olhar para a frente, quando vislumbra um futuro ameaçador que encurta distâncias e não dá lugar senão à fuga e ao esquecimento de quanto se amou, mas que agora tem de abandonar precipitadamente, correndo... Um simples beijo do qual não tenho a certeza. Só me lembro que meu pai me levantou no ar e disse: "Cuide da Tecla". Ou, se não o disse, foi porque a iminência da sua traição – essa traição que, durante o instante em que me segura nos braços, ainda não foi consumada e não o será enquanto não entrar na camioneta, enquanto não ligar o motor, enquanto não pegar a estrada e desaparecer da minha vida de menina – lhe embargava as palavras. Palavras ensaiadas durante longas noites de insônia. Palavras a ponto de serem pronunciadas. Com as quais quer se despedir sem que eu suspeite de que está se despedindo. Com as quais quis dizer – à sua maneira – que é incapaz de encarar o que virá. Ou que, mesmo que fosse capaz de enfrentar, não se engana, consciente de que suas forças fraquejarão mais cedo ou mais tarde.

Que pouca coisa: um beijo.

Se é que ele me deu naquela manhã que cheirava a jardim.

Odores.

Da mesma maneira que este trem que me leva, as cidades e os vilarejos também têm cheiro; também têm o seu odor característico. Como esse casaco puído que, apesar de tudo, resiste a jogar fora. Essa velha peça de roupa que tem o seu cheiro, porque faz parte de você. Porque é parte de você.

Ou como essas casas que cheiram a lar, a família, e provocam a sua inveja: é provável que a sua casa não cheire assim. É provável que a sua casa não cheire a nada.

Odores próprios, peculiares. Barranca tinha-os, claro que os tinha, mas habituei-me rapidamente aos seus odores: tinha-os respirado desde sempre e nunca lhes prestei demasiada atenção; nunca reparei neles. Os de Madri, pelo contrário, fui apreendendo-os e reconhecendo-os pouco a pouco.

Eram odores que me esperavam. Que necessitavam de alguém — de mim — para voltarem a ser descobertos. Para voltarem à vida.

Nos meus primeiros meses como professora; nos meus primeiros meses longe de Barranca; nos meus primeiros meses longe do meu passado... como cheirava Madri! Se fechar os olhos, aqueles cheiros regressam logo, e que, por rotina, por cansaço, deixei de sentir. Aqueles cheiros que, quem sabe, talvez já não existam. Começando pelo cheiro do inverno de Madri.

Madri no inverno, muitos invernos atrás, cheirava ao calor dos aquecimentos a carvão saindo das casas pelas chaminés, pelas janelas e pelas portas traseiras, e a esse outro calor que, em baforadas, saía das bocas do metrô nas escuras madrugadas.

E o pão. Há muitos, muitos invernos, Madri cheirava a pão fumegante. E a churros acabadinhos de fazer. E a ar cortante pelo frio. E a Natal, se é que um lugar — qualquer lugar — pode cheirar a isso: a Natal, a neve e ao corre-corre de pessoas que compram apressadamente os seus presentes entre luzinhas coloridas e cânticos natalinos.

A um calor diferente ao do inverno cheirava Madri no verão, há mil verões: a um calor infernal, do deserto. Calor asfixiante que vinha do chão, do asfalto; das profundezas: do próprio centro da terra. Um calor que cortava a respiração e obrigava as pessoas a procurar refúgio nos patamares das casas, com a boca aberta inspirando oxigênio, como a boca de um cão ou a boca de um peixe.

E o resto do ano? O resto do ano a cidade cheirava a parques cheios de flores, cheirava à sombra fresca das árvores, ao pólen no ar e a espelho d'água cuja superfície tremia preguiçosa sob a lenta carícia do Sol. Até que a neblina do outono impunha o seu odor sobre Madri. Madri, então, cheirava a fumo; a dias curtos; breves, quase minúsculos. E voltava o frio.

Cheirava a isso, a tudo isso cheirava Madri.

E, agora, que regresso a Barranca por vontade própria, agora que regresso a Barranca contra a minha vontade, pergunto-me: serei capaz de me lembrar a que cheirava o vilarejo? Reconhecerei os cheiros do lugar onde nasci? Poderei recuperá-los para dizer com alívio: "Ah, sim, já me lembro! Aqui cheira a família, a lar…?" Ou terei me transformado em uma estranha?

"... e já não existe Manderley."

A luz do sol incide no vidro da janela. As nuvens ficaram para trás, do outro lado do túnel.

"Ali está, como uma carapaça vazia, entre os arbustos e os arvoredos, tal como vi no meu sonho. Uma massa de erva, um refúgio para pássaros."

O trem ronca e vai perdendo velocidade. "Villaralto", indica um letreiro. Demorou pouco e o trem foi diminuindo a velocidade, até parar.

"Pode ser que, por vezes, um vagabundo procure ali abrigo durante um aguaceiro, e se for homem corajoso, poderá passar pelo parque sem que ninguém o impeça."

Pelo canto do olho vejo que a estação de Villaralto não mudou: continua a ser um cais sem graça e triste, cuja decoração se resume a uma lanterna retorcida. Tão esquelética que nem sombra dá.

"Mas o tímido, o nervoso caçador furtivo, fará bem em evitar os bosques de Manderley... É possível que o ambiente por aquelas bandas seja intranquilo..."

— O que está lendo? Um conto?

Tenho um pequeno sobressalto. Com a minha atenção dividida entre a leitura e a paisagem, não havia percebido a presença da menina.

Os nossos olhares se cruzam: o meu, desconfiado; o dela, curioso.

Fecho o livro. A menina se aproxima. O dedo pequeno aponta para a bonita jovem da capa, uma mulher morena, elegantemente vestida, que mostra o perfil esquerdo. Por cima do ombro observa um toucador próximo. Ou, mais do que observar o móvel, estuda o que há sobre ele: uma caixinha lavrada – um porta-joias? – e uma escova de pentear. A mesma inicial, um *erre* maiúsculo, decora a superfície dos dois objetos. Um pormenor dá um certo desassossego à cena: a mão fechada da garota; o seu punho apertado, alerta. O gesto de quem pressente a ameaça e espera pela agressão.

— É bonito? — insiste a pequena, dando-lhe um sorriso desdentado. — Como se chama a história?

— *Rebeca* — respondo. — E você? Como se chama?

Muito séria:

— Maria-isso-não-se-toca.

Em qualquer outro dia, em qualquer outro momento, teria apreciado uma resposta assim. Hoje não: as poucas forças que me restam mal são suficientes para sair do trem e empreender o regresso a Madri.

— E os seus pais, Maria? — pergunto-lhe.

— Estão no vagão de primeira classe, dormindo. — E quase adivinhando que vou dizer a ela para voltar para junto deles, ela fala: — Mas eu não tenho vontade de dormir.

Depois de dizer isto, senta-se a meu lado. As pernas ficam penduradas, balançando-as.

— Quer me contar a sua história? — propõe.

Hesito. O romance de Daphne Maurier em versão infantil? Mesmo com a senhora Danvers?

— Ah... conta... — pede com um ar sedutor.

"Bom, e por que não?", penso.

Pigarreio e, sem necessidade de abrir o livro, começo:

— Era uma vez uma menina que acordou...

— É a Bela Adormecida? — interrompe.

— Não, não é a Bela Adormecida.

— Ah! — exclama, aliviada.

Retomo a história:

— ... uma menina que acordou depois de ter sonhado com uma mansão chamada Manderley. — E como se esperasse uma nova pergunta: — Manderley é um nome estrangeiro.

— Estrangeiro? E o que quer dizer esse nome?

— Nada. Não quer dizer nada.

— É como o Castelo de Irás e Não Voltarás ou como o da madrasta da Branca de Neve?

— Um pouco parecido, sim. Algo assim... E, agora, quer prestar atenção à história?

Ela faz um meneio de cabeça, concordando.

O trem recomeça a andar.

Teria chegado a Madri com uma mão na frente e outra atrás caso não levasse a pesada mala e a recomendação do senhor Gabriel: um pedaço de papel onde o médico tinha rabiscado um nome e um número de telefone.

Uma desconhecida: foi isso que fui naquela primeira noite em Madri. Uma desconhecida que mal pôs o pé na estação levou a mão ao bolso do sobretudo. Os meus dedos, intumescidos, procuraram sem êxito o papel. Por momentos, temi tê-lo perdido e entrei em pânico, mas não demorei a encontrá-lo. Cansada da longa viagem, disquei o número do telefone à escassa luz da única cabina da estação, enquanto vigiava de soslaio a mala, verificando que ainda se encontrava ali. Que continuava ali.

Acabava de fazer vinte anos: os anos passados desde o fim da guerra. A Espanha esquecia tempos difíceis. Tempos de senhas de racionamento e de fome, de cevada e de pão de milho, de lentilhas com bicho e favas secas com carunchos, que era preciso tirar com a ajuda de um alfinete e muita paciência. Tempo em que o sabor impossível de café de chicória fez com que proliferassem anedotas como esta:

— Quer que eu prepare um café para você?
— Não, porque fico muito nervoso.
— Mas não é café, tonto: é chicória.
— É exatamente isso que me deixa nervoso.

O pesadelo tinha durado três anos, mas poderia ter durado três séculos. Foi uma guerra selvagem, inflamada. De todas as guerras possíveis, a pior. A mais sangrenta e cruel.

"O irmão entregará ao seu irmão a morte, e o pai ao seu filho. Os filhos levantar-se-ão contra os seus pais e matá-los-ão."

No meio daquela tempestade de pólvora e de sangue, dona Pilar conseguiu manter o melhor que pôde a sua escola. Ou seja, como Deus lhe deu a entender: apesar da progressiva falta de alunos — os pais, assustados pela violência que se espalhava, começaram a não deixar seus filhos saírem —, apesar da ausência alarmante de professores — os que não fugiram acabaram por lamentá-lo quando ouviam bater à porta, o que não pressagiava nada de bom, e os obrigavam a levantar-se da cama e ir abrir, pois era assim que se anunciavam os "passeios": sempre de improviso, nas sombrias madrugadas — apesar de tudo. Até que, num ato de inconsciência, o corpo de dona Pilar se interpôs na trajetória de uma bala assassina. Se é que foi inconsciência, e não fé, a tentativa de impedir — os braços abertos, a determinação a incendiar-lhe os olhos — que um grupo de milicianos retirasse o crucifixo da parede de sua sala.

"*Afaste-se, senhora camarada! Afaste-se ou vamos adiante com o que viemos fazer aqui!*"

Aquela bala fez parar a sua vida; a escola; tudo. E, agora, curadas algumas feridas — não muitas, é verdade: uma guerra civil cicatriza mal —, dona Nieves, filha de dona Pilar e amiga do nosso médico, dispunha-se a continuar o trabalho de sua mãe, recuperada do interminável e esgotante labirinto de filas, guichês, papéis e autorizações oficiais que abençoavam a reabertura. Mas necessitava de pessoal docente, razão pela qual o senhor Gabriel se lembrou de mim.

A filha de dona Pilar, uma mulher pequenina cujo salto compensava a falta de estatura, recebeu-me nessa mesma noite. A sala, que servia de quarto — a cama dobrável aberta, os lençóis amarrotados – tinha ar de um hospital improvisado: móveis desconjuntados, recantos cinzentos de pó, vazios nas estantes... e a marca do crucifixo que tinha decorado uma das suas paredes.

– A guerra – desculpou-se dona Nieves, como se a guerra tivesse terminado ontem ou anteontem.

E eu, que andava há vinte anos ouvindo falar da guerra, pensei: "A guerra, claro. Sempre a guerra". Graças à qual, devo reconhecer, ia tirar partido: um lugar naquela escola.

– Tem experiência?

O tom de dona Nieves mostrava que conhecia a resposta, não dando mostras de qualquer ilusão.

Confessei a verdade: não. Logo a seguir, retifiquei. No fim das contas, a educação de Tecla também tinha sido coisa minha. Ou isso não contava?

Dona Nieves suspirou:

– Que Deus nos ajude – disse.

– Que história ridícula: é de amor! – queixa-se Maria, interrompendo-me.

– O que você queria que fosse? – retruco, espantada.

– Não sei: de bruxas, de dragões – aventura ela. A careta de asco que esboça é a de quem acredita ter sido vítima de um engano.

Pousa o seu olhar na capa de *Rebeca*, cujo colorido prometia mais emoções. Intuo que a personagem da senhora Danvers não lhe interessou nem um pouco. Pareceu-lhe certamente uma irmã de caridade. Mas isso certamente aconteceu porque omiti certos detalhes. Como a cena da janela.

"Olhe lá para baixo: vê que fácil seria? Por que não salta? Não iria doer muito. Partiria o pescoço e esta seria uma morte muito rápida e boa. Não como a daqueles que se afogam. Por que não experimenta? Por que não dá um salto e acaba tudo de uma vez?"

A menina põe as mãos na cintura.

— Não sabe mais histórias?

Estou pronta para me defender quando ela acrescenta:

— Pois o meu pai sabe tooooodas as histórias. — E insiste: — Meu pai sabe contar todas melhor do que você.

Pai...

Se este trem fosse mais depressa, conseguiria deixar para trás as minhas recordações. Como a imagem de meu pai no dia em que minha irmã nasceu: a sua silhueta imóvel na penumbra do quarto onde, depois de ter dado à luz, minha mãe permanecia envolta pelas sombras projetadas pelas janelas entreabertas, quase em sinal de pesar.

No dia em que Tecla nasceu não houve familiares, não houve amigos, não houve conhecidos que fossem dar as suas felicitações, os seus abraços e conselhos; também não apareceram os vizinhos amáveis que, uma vez satisfeita a curiosidade, fechassem atrás de si a porta do quarto para que o pai — finalmente a sós, sem testemunhas — se aproximasse do berço disposto a roçar o mistério da vida que se renova, diante do qual a boca se abre de espanto e não encontra as respostas: nem sequer as perguntas.

Nada de flores; nada de risos; nada de abraços efusivos:

sua voz sumira. Teria ido se encontrar com o senhor Gabriel quando saiu de nossa casa? Acabava de assistir à minha mãe no parto: que melhor versão que a daquele jovem médico que acabara de se instalar em Barranca?

Eu esperava em um canto, desconcertada. Apesar de minha pouca idade, era capaz de intuir. De pressentir.

Ainda ressoava nos meus ouvidos a palmada que o senhor Gabriel dera no bebê mal o pegara nos braços. Palmada à qual se seguiu apenas silêncio. Um silêncio sísmico.

Inclinado sobre o berço, meu pai observava Tecla atentamente. Parecia pesar as possibilidades e consequências. Ou não: pode ser que não estivesse observando Tecla. Pode ser que estivesse vendo como seria o futuro, que avançava inexorável.

Lembro-me da voz dele abrindo caminho na penumbra:

— Por que é que isto foi acontecer conosco?

Não era uma pergunta: era um lamento.

Da cama, a resposta da minha mãe chegou cortante, veloz; talvez porque não houvesse nada para pensar:

— Por que "conosco"? Por que aconteceu a ela, está querendo dizer. Que culpa tem Tecla?

Meu pai saiu do quarto cabisbaixo, envolvido num silêncio diferente do anterior: mais profundo, mais ameaçador, mais perigoso. Planejando já a fuga. Preparando as palavras com as quais me dirá adeus dentro de uns dias. Ensaiando o seu beijo covarde. O beijo que se recebe quando se está dormindo e que se pensa ter sonhado. O beijo com que se despede quem não pensa em levar a outra pessoa. De quem começou a se afastar.

Algo tão simples como um beijo transformou uma manhã qualquer na última, ainda que eu não o compreendesse até muito depois, quando essa manhã se transformou em tarde e a tarde em noite, e aquele dia passou a um novo, e a outro, e a outro, e eu comecei a sentir a falta do meu pai e a perguntar admirada: "Onde está meu pai? Será que ele nunca mais vai voltar?".

Três palavras a caminho da sua desconjuntada camioneta de mudanças; a caminho do esquecimento. Meu pai me ergue nos braços, crava nos meus olhos os seus olhos de sombras, me beija e diz: "Cuide da Tecla". E o tempo para, congela esta imagem e fixa-a na minha memória, e o rosto que evoco cada vez que digo "pai", o rosto que vejo cada vez que penso nele, é o seu rosto jovem daquela última manhã. Por que ele não ficou tempo suficiente para que eu visse as suas rugas, descobrisse os seus defeitos, os seus achaques; não ficou tempo suficiente para que eu assistisse à sua velhice, talvez à sua morte.

E ainda que o meu pai tenha morrido, ainda que esteja morto e eu não o saiba, na minha cabeça continuará a ter o rosto daquela última manhã, quando ainda não se tinha transformado numa recordação.

Meu pai e eu começamos a nos mover para os lados no meio daquele silêncio sísmico: os bracinhos de Tecla sacudindo-se no ar como se quisesse voar, as janelas quase fechadas, o sol a infiltrar-se pelas frestas de madeira, projetando nas paredes linhas de luz e de sombra, o senhor Gabriel fechando sua maleta com uma expressão de derrota. Ou se não foi durante aquele silêncio devia ter sido imediatamente a seguir: o relógio da avó tossindo badaladas asmáticas e eu abrindo caminho por entre as sombras, avançando para a cama onde a minha mãe dormia esgotada, aproximando-se do berço onde Tecla balançava os braços com o frenesi de quem se asfixia; nervosismo que só durou aquele dia: depois, seria substituído pelo peso dos movimentos que parecia ser provocado pela falta de oxigênio. E eu, saltando por cima das sombras como se fossem teias de aranha, me aproximando mais da cama, do berço, e o senhor Gabriel recuando em direção à porta, de maleta na mão, e o relógio de minha vó esmiuçando o tempo, tique-taque, tique-taque, mastigando-o, triturando-o com a sua maquinaria de rodinhas e engrenagens microscópicas, e o meu pai em frente ao berço, sobre o berço, em cima do berço, esticando o pescoço, o seu perfil recortado naquele emaranhado de sombras. O meu pai observando, estudando, fixando-se nos mais pequenos detalhes da recém-nascida, detalhes impossíveis de ver no meio da penumbra. E eu chegando até ao berço; até ele. Pegando-lhe na mão. Apertando-lhe a mão, como se dissesse: "Estou aqui; não sei o que está acontecendo, mas estou aqui". E o barulho seco da porta se fechando atrás de nós. E o senhor Gabriel respirando, por fim, aliviado; pensando, imagino: "Há dias que o melhor seria não sair da cama; dias em que uma pessoa gostaria de ser qualquer coisa, menos médico". Coitado do senhor Gabriel, sonhando em entrar em um café, deixar-se cair numa cadeira e pedir um copo que o ajudasse a esquecer: "Manolo, faça o favor…". Eu aos pés do berço de Tecla, ao lado do meu pai, a minha mão na mão dele, apertando-a, reconfortando-o: "Estou aqui; não sei o que está acontecendo, mas estou aqui". A figura inclinada sobre aquele bebê que não parava de se mexer, sem emitir um único som: nem um gemido, nem um choramingar, nada; aquele bebê cujas primeiras horas de vida, quem sabe, fossem também as últimas e não o soubéssemos porque o quarto continuava na penumbra e era impossível que a víssemos bem. Todo o resto, podíamos distinguir. Adivinhar. Ouvir o tique-taque do relógio da avó, contando os minutos, ou descontando-os. Com o passar dos anos, cheguei a questionar-me o que teria visto eu se tivesse podido perfurar a escuridão; se as faces das janelas não estivessem quase fechadas. Que expressão teria meu pai enquanto vigiava Tecla no seu berço. Que cara teria feito. Se é que ainda tinha cara e as suas feições não estivessem já apagadas. As suas feições que talvez se fossem apagando, desaparecendo, transformando-se numa mancha sombria à medida que o relógio da avó contava os segundos, ou os descontava, tique-taque, tique-taque. Meu pai quieto, rígido, mas afastando-se imperceptivelmente. Transformado num personagem que se preparava para sair da página, desta história, da nossa vida, e que, portanto, deseja ser, estar, ter feições: boca, nariz, olhos; os segundos mastigados, triturados, tique-taque, tique-taque, tique-taque, os segundos contando, ou descontando, e a boca do meu pai um pouco mais torcida que antes, um pouco mais para o lado, para a face, um pouco mais próxima da orelha, num ângulo irreal; e o seu nariz, viu o nariz? O seu nariz não parece uma sombra? Uma sombra que pende do queixo e que se perde pelas pregas da camisa? E os olhos… Meu Deus, os olhos! Como é possível que os olhos não se encontrem à mesma altura? Como é que se pode explicar que o olho direito esteja mais acima do que o esquerdo…? Meu pai, tique-taque, tique-taque, ora me vê, ora não me vê. O meu pai junto de mim, mas o seu contorno desfazendo-se, decompondo-se; o meu pai ao meu lado, mas a sua silhueta misturando-se com as sombras, entre as sombras, dentro das sombras, a sua voz surgindo daquela semiescuridão aquática de linhas de luz e linhas de sombra: "Por que isto foi acontecer justo conosco?". E minha mãe, soerguendo-se, e sem sequer pensar e sem sequer hesitar: "Não foi conosco! Por que isto aconteceu a ela, você quer dizer. Que culpa tem a Tecla?". Isso, que culpa é que tem a Tecla. E o meu pai, que culpa ele tem? O meu pai — se eu pudesse vê-lo, se eu fosse capaz de vê-lo — transformando-se, o seu rosto salpicado de sombras, o seu rosto uma sombra entre as sombras… E minha mãe? E eu? Que culpa nós tínhamos? Qual a nossa culpa?

Foi no meio daquele silêncio devastador quando tudo começou; quando tudo acabou. Quando o pai e eu começamos a fugir. Primeiro ele

"Cuide da Tecla."

e eu imitando-o com o tempo. Mesmo tendo partido depois, não queria dizer que fosse menos culpada. Talvez o que fica mais tempo é o que causa mais dor; precisamente por isso: porque ficou mais tempo; porque partilhou mais: os primeiros medos da minha mãe: "E se a menina não ouve? E se não consegue ver?"; a sua angústia ao passar-lhe de vez em quando a palma da mão diante do rosto

abracadabra

ou estalando os dedos junto das suas orelhinhas

pata de cabra

sem conseguir a recompensa de uma reação, de um sorriso, de um pestanejar. "E se a menina for cega?", repetia. "E se for surda?", e eu, se tivesse alguns anos mais: "Mas ela acabou de nascer, como quer que ela diga algo? Como quer que responda?", eu era demasiado pequena, demasiado ingênua para intuir o perigo, para suspeitar de alguma enfermidade por detrás da apatia da minha irmã, por detrás da sua quietude inexplicável, por detrás dos seus gestos brandos, mais do que de bebê, de feto preso entre as gazes e as veladuras da placenta. Os primeiros medos e as primeiras angústias da minha mãe, as suas primeiras insônias e preocupações, e as visitas constantes do senhor Gabriel, onde ela o recebia com um "Senhor Gabriel, a menina não quer mamar", "Senhor Gabriel, ela também não quer a mamadeira", "Senhor Gabriel, ela não ganha peso", até que baixava a voz e fazia a pergunta de sempre: "Há notícias de Martín?". E o senhor Gabriel negava em silêncio; o senhor Gabriel tossia e mudava de assunto; o senhor Gabriel dava conselhos que eu ouvia sem interesse do meu mundo das cartilhas de caligrafia e dos cadernos de desenho, enquanto minha irmã continuava mexendo a cabeça bem devagar, assim como os braços e as mãos, o corpo; minha irmã, como uma boneca que parecia estar acabando a corda, caindo para um lado logo que a levantávamos do berço, e o senhor Gabriel recomendando à minha mãe que consultasse certo especialista, e minha mãe e eu indo àquele consultório com Tecla, esperando que uma atendente indicasse: "Vocês podem entrar", e minha mãe, muito séria: "Você, me espere aqui", e eu folheava revistas e folhetos descoloridos, e o torpor da tarde parecia fazer com que os relógios parassem; e uma velha que estava sentada à minha frente: "O que sua irmã tem?", e eu: "Nada, não nos reconhece", e a mulher impressionada, com muitos gestos de assentimento de cabeça e muito gesto de leque: "Ai... pois isso pode ser uma coisa ruim", e, depois de pensar um pouco, como se falasse consigo mesma: "Ai, esta juventude!". E a voz de minha mãe atravessando a porta do consultório: "E se a menina não ouve, senhor doutor? E se não consegue ver?". A voz de minha mãe, insistente: "E se a menina é cega, senhor doutor? E se é surda?". A voz de minha mãe um murmúrio: "Senhor doutor, a menina não quer peito; também não quer mamadeira". Ela, quase perguntando: "Há notícias de Martín?", mas lembrando-se de onde está e controlando-se. E a voz do especialista seca e sem inflexão: "Deite a menina. Tire a roupa dela". Depois, silêncio: o silêncio em que suas mãos especialistas reconhecem, apalpam, exploram, sopesam. E, depois, muito depois, a voz do especialista de novo grave, de novo autoritária: "Permita-me um conselho? Esqueça a menina. Feche-a. Interne-a...". E outro silêncio mais tenso, mais denso e incômodo; um desses longos silêncios que tornam o ar mais pesado e fazem com que tudo se precipite. E tudo, com efeito, se precipita: o barulho de uma cadeira sendo arrastada e caindo no chão, e minha mãe que grita: "Como se atreve! E diz você que é médico?", e a porta do consultório sendo aberta com violência, minha mãe saindo com Tecla nos braços, enquanto repete: "Nunca vi tamanha desfaçatez!", e a velhinha, ávida de doenças mais graves que a sua: "O que é que o médico disse que poderia ser? A sua filha tem cura?", e o leque sem parar de abanar, e eu fugindo para a rua, sem ainda conseguir encaixar todas as peças do quebra-cabeça; sem saber que aquilo era um quebra-cabeça. Que a Tecla estava um pouco crescidinha para continuar engatinhando? Dar tempo ao tempo. Que o tremor dos seus passos nunca mais iria abandoná-la? O que é que se poderia fazer. Que tínhamos de ajudá-la a vestir-se? Assim acabávamos antes. Que precisávamos lhe dar banho, penteá-la e dar-lhe de comer? Que remédio: logo reagiria. Que o pai não regressava? Talvez amanhã. E regressava aos meus jogos infantis e aos meus lápis de cores, à minha litania da tabuada de multiplicar confundindo-se com as primeiras palavras de Tecla: a minha irmã aprendendo a dizer "ábua" em vez de "água", "amã" em vez de "mamã", "Aelita" e não "Angelita"; dizendo pouco mais com a sua voz engrolada: "papá", não; "papá", nunca. Minha mãe interrompendo os meus exercícios escolares: "Vamos, se apresse, filha, que a Tecla se sujou toda", grito que iniciava um longo trabalho de buscar toalhas, nós duas rasgando lençóis velhos para transformá-los em fraldas, Tecla nua e suja atravessada sobre a cama — o seu corpo já não é o de um bebê, o seu corpo já não é o de uma menina — desculpando-se com o seu linguajar: "Tecla boa, Tecla boa", e minha mãe: "Quieta, meu amor, quietinha, não se preocupe", e eu: "Foi sem querer, Tecla, acalme-se". A voz de minha mãe pedindo: "Vai depressa ver o que a Tecla tem entre as mãos", e a Tecla fascinada com as tomadas de eletricidade e eu as cobrindo com trapos: "Não se aproxime, Tecla: dão choque". Tecla, pesarosa: "E a minha boneca? Quero a minha boneca", obrigando-nos a procurar a sua boneca de pano, e minha mãe: "Vá, minha filha, veja se consegue encontrar a boneca", e eu: "Não levou a boneca lá para cima, Tecla? Nas escadas não é muito boa ideia", mas ela continuava: "A minha boneca? Quero a minha boneca". Tecla andava atrás da mãe como uma sombra ou uma alma penada, quantos passos dava a minha mãe, tantos passos dava a minha irmã, e minha mãe dizia: "Vai, minha linda, vai brincar no quintal, pois tenho de arrumar as camas", "… que é hora de dar comida às galinhas", "… que tenho de limpar a casa". Tecla pintava e me mostrava, orgulhosa, os seus desenhos: "Olha, uma menina", "… e uma casa", "… e uma árvore", e eu incapaz de perceber, fosse o que fosse, a não ser borrões. E diante da sua impaciência: "Eu já venho brincar com você, Tecla; logo que acabar de estudar, que amanhã o senhor Atilo vai fazer chamada oral, tenho certeza", e a Tecla: "Quando é já venho?", e eu: "Depois, Tecla, depois; dentro de instantes", e ela: "Depois, não: agora". Tecla, a maioria das vezes, sentada no cadeirão de sempre, e um fio de baba entre os lábios, como sempre; Tecla, olhando para tudo sem ver, no rosto uma expressão permanente de assombro, nos olhos – dentro dos olhos – nada, o corpo tão abandonado que alguém que não a conhecesse se apressaria em verificar se estava respirando, aproximando-lhe um espelhinho à boca ou colocando-lhe uma mão no peito para ver se sentia o bater do coração, aquele coração firme, aquele coração resistente, tique-taque, tique-taque, na verdade a única coisa viva no seu corpo, aquele coração empenhado em acompanhar o relógio de minha avó, para ver qual dos dois chegava mais longe, para ver qual dos dois aguentava mais.

    E a vida – a da minha mãe, a minha – era o que nos restava depois de tudo isso.

— Maria! Maria, menina!

A voz atravessa claramente a porta do vagão.

— Parece mentira que o senhor não faça o seu serviço direito. E se a minha filha caiu do trem?

Pausa dramática, que o inspetor aproveita para abrir a porta. Juntamente com ele vem uma mulher cujos olhos se abrem logo que vê Maria. A menina se encolhe no assento como se quisesse fundir-se com o forro do banco.

Num tom meio preocupado, meio aliviado, a mulher exclama:

— Maria, querida, eu e o seu pai estamos há horas à sua procura! — E, apontando para o inspetor: — Bom, e este senhor também. — Ameaçadora: — Pode-se saber onde você estava?

— Aqui — responde Maria, parecendo ignorar que há perguntas que não precisam de resposta. — A minha amiga estava me contando uma história. — Para mostrar que não está mentindo, a menina mostra-lhe o livro.

O inspetor, como uma sombra atrás da mulher, observa:

— Está vendo? A criança não podia estar muito longe. Vou avisar o seu marido.

A mulher avança para nós, o olhar cravado no livro; no desenho da capa do livro; no ombro da jovem da capa que o vestido mostra. Despido.

— Maria, não mexa nisso — ordena. — Devolva-o imediatamente à senhora.

— É uma história de amor — alega a criança, como se isso bastasse. E não basta: só piora as coisas.

O rosto da mulher fica ruborizado. A voz quase não lhe sai: a voz é um fio e vai ficando tensa à medida que aquelas duas palavras entram em seu cérebro; à medida que medita sobre seu significado; sobre sua transcendência; sobre suas implicações:

— De amor? — perguntou, espantada, sem dar crédito ao que ouve. Não é isso o que quer perguntar. O que quer perguntar, — mas não se atreve: a educação pode mais, é: com que direito estou sentada ao lado da filha dela? Com que direito estou conversando com a filha dela? Com que direito estou contando uma história de amor à filha dela, tentando saber o que entendo eu por amor?

— Não se preocupe — tento serenar as coisas —, a história pode ser ouvida por crianças. Além disso, sua filha não está me incomodando. Estávamos nos divertindo, não é verdade, Maria?

Maria concorda.

— Sim — diz a mulher. O seu tom de voz tornou-se mais seco e cortante; mais grave; mais profundo. — De todas as maneiras, a senhora certamente quer descansar. — Voltando-se para Maria: — Vamos, venha comigo. Deixe esta senhora em paz.

Pronunciada por ela, a expressão "esta senhora" destila veneno. Percebo que não há o que fazer; que, no seu modo de ver, não é Maria que está me incomodando: sou eu que incomodo a menina, contando-lhe, a julgar pelos olhares de receio que lança sobre o livro, histórias obscenas.

Suspiro. Estive diante de pais como aquela mãe muitas vezes mais do que gostaria. Pais que vinham pedir explicações pelos baixos rendimentos escolares dos filhos. Com sobrenome Martínez, Morillo, Navales. Alunos, que não tinham nada a apontar, educadinhos e inteligentíssimos cujo problema não era a sua aversão ao estudo: o problema, o verdadeiro problema — o único problema — era eu, que não os entendia. Até houve quem, impassível, dissesse: "A senhora só se dedica aos mais espertos da classe e os restantes que procurem aprender". Como os pais dos Martínez, dos Morillo, dos Navales, que não cediam em nada. Que não me permitiam abrir a boca. Que começavam e nunca mais paravam: "A senhora está implicando com o menino", "a senhora é muito exigente com o menino", "a senhora nem sequer tentou conhecer a criança, ganhar a sua confiança, ser sua amiga...". Até que eu, violenta, engolindo saliva, disse: "Queiram me desculpar, mas há aqui um engano: o Martínez
ou Morillo
ou Navales
não é meu aluno".

Pais furiosos que, descoberto o engano, eram incapazes de pedir desculpa.

Mães indignadas, como esta que agora leva Maria para outro vagão.

Maria. Que durante a cena anterior não pronunciou nem uma vez — nem uma só — a palavra "mamã".

Mamã

Penso que, sem poder evitar, mesmo sem querer, a mamã sempre fez comparações entre mim e Tecla. Ou melhor: entre Tecla e eu. Comparações em que minha irmã saía perdendo. Comparações que inevitavelmente adotavam a forma de uma pergunta: por quê?

Por que eu dera os primeiros passos aos onze meses e a Tecla ainda engatinhava aos cinco anos? Por que eu já falava com um ano e meio e a Tecla só balbuciava? Por que razão eu aprendera a comer muito cedo e a Tecla ficava parada diante do prato se não cortassem a carne ou descascassem a fruta para ela?

Mamã. Imagino-a rezando angustiada. Suplicando a um Deus caprichoso. Pedindo-lhe que não houvesse diferença entre Tecla e eu, ou que fossem poucas, mínimas, imperceptíveis; mas, no fundo, procurando essas diferenças. Descobrindo-as. E sentindo que elas espetavam seu coração como punhais.

Diferenças que não passavam despercebidas à nossa volta, e cada vez que eu e a minha irmã entrávamos de mãos dadas numa casa ou loja de Barranca, devíamos abrir caminho entre tanto silêncio. Silêncio imposto após uma última palavra dita em voz baixa ou entre os dentes, como se não fôssemos ouvir. Palavras como "atrasada" ou "anormal". Palavras como "deficiente", "incapaz", "lenta"... A palavra mais longa que ouvi não foi uma palavra, mas sim um monte de palavras; uma frase silenciada fora de tempo, repentinamente: "Coitadas destas criaturas. A mais velha irá crescer e se tornar uma mulher; a mais nova, por mais que cresça, continuará a ser sempre uma criança". Palavras que nos cercavam, que nos julgavam, que nos perseguiam. Salvo na igreja.

Na igreja não havia cochichos. Porque na missa do meio-dia, aos domingos, que Dom Julián, o padre de Barranca e dos vilarejos dos arredores, rezava, era tudo mais sutil: as cotoveladas e os olhares furtivos de comiseração substituíam os sussurros. Cotoveladas que se davam no maior dos recolhimentos – dissimulados, com cumplicidade –, mas era como se falassem aos gritos, quase interrompendo o culto, e cuja tradução podia ser: "Reparou? Como estão crescidinhas as filhas da Agustina. Coitada, a mais nova...".

Não, na igreja não se ouviam murmúrios: eram substituídos por incômodos ataques de tosse e queixos que se erguiam na direção de Tecla, apontando-a com indicadores afiados cada vez que Dom Julián, no fim da missa do meio-dia, se encomendava à generosidade dos paroquianos e pedia uma ajuda para os "mongoloides" do Hospício de Santa Teresa, em cuja capela celebrava a Eucaristia quando ia a Madri.

O bondoso Dom Julián. Que fazia com que os nossos corações se apertassem cada vez que falava dos olhos achinesados daqueles meninos e das suas vozes pastosas, arrastadas, sufocadas. Provocando uma ou outra lágrima entre os paroquianos. Passando de novo a caixa das esmolas e recebendo-a mais cheia que antes.

Para que depois digam que não há milagres.

"Pobrezinha, a pequena..."

Tecla nasceu quando eu tinha cinco anos, e lembro-me dela sempre ao meu lado, confundindo a sua vida com a minha. Talvez tivesse sido a sua proximidade que me fizesse perder a perspectiva; aceitar as suas anormalidades; acostumar-me a elas.

Apesar do seu ensimesmamento ou do seu andar desajeitado, apesar do seu riso desarticulado e opaco, nunca parei para pensar. Para refletir. Para me questionar por que Tecla não era como eu ou eu igual a ela. Por que, ainda que fôssemos irmãs, não éramos iguais, mas sim tão diferentes.

Não me apercebi disso, ou não comecei a vigiar Tecla, até que numa manhã as meninas da escola disseram em coro no pátio do senhor Atilo:

— A sua irmã é zarolha, a sua irmã é zarolha!

Não é que a partir dessa manhã começasse a vigiar Tecla: o que comecei — o que é diferente — foi a observá-la. A estudá-la. Levada de improviso pela sensação de que se me amontoavam as perguntas; de que havia mais perguntas das que eu imaginava.

Demasiadas perguntas para que não estivessem à espera do sinal que as desencadeasse. Porque tinham de existir, claro. Escondidas, adormecidas. Outra coisa é que eu só tivesse reparado nelas de passagem. Sem refletir.

— Mãe — atrevi-me por fim, depois de algum tempo —, a Tecla é zarolha?

E ela, concentrada na sua costura:
— Zarolha?
— É que... Bom, as meninas da escola dizem que a Tecla é zarolha.
Rápida como uma cobra:
— Bobagem! Nem ligue para isso! E quando as suas amigas repetirem isso, diga que não é: que fica assim quando as vê.
Minha mãe e sua agilidade mental! Aquela rapidez que percebi quando Tecla nasceu.
"Por que isso foi acontecer conosco?"
Respostas cortantes, velozes. Talvez porque tivessem sido pensadas durante muito tempo. Talvez porque não haja nada para pensar.
"Por que conosco? Por que aconteceu a ela, está querendo dizer. Que culpa ela tem?"
Aquela recordação trouxe outras recordações. Impressões que fui resgatando. Pormenores que tinha acomodado em um canto da minha memória e que agora reapareciam de repente. Como daquela vez na mercearia: o senhor Pascoal colocando em um saco os legumes, a fruta e as verduras que minha mãe tinha marcado na lista de compras; o senhor Pascoal com um olho em mim e o outro — de vidro — fixo em Tecla, que ficava hipnotizada diante dos vidros de geleia; o senhor Pascoal ia perguntando:
— Como está, Tecla, minha linda? Quer um doce?
E eu, eterna porta-voz de minha irmã:
— Não, obrigada, senão depois ela não come.

E ele a dar-lhe.

— Ah! Não ligue para o que Ángela diz. Olha para estes doces tão bons, Tecla.

Minha irmã, que podia estar observando os frascos das guloseimas ou uma aparição da Virgem, continuava na sua: ali, mas longe, não sei explicar.

E o senhor Pascoal, sem deixar de juntar preços enquanto enchia a nossa cesta:

— Coitadinha, não é?

E eu, claro, não podia contradizê-lo.

— Sim. Coitadinha.

E ele, atrás do balcão, sem deixar de perfurar Tecla com o seu olho vago:

— Pois é. Pobre Tecla. Se eu estivesse no lugar dela e pudesse escolher, preferiria morrer. Você não?

E eu, muito devagar, como se me custasse pronunciar cada palavra:

— Morrer. Claro.

E sem deixar de remexer na ferida:

— O melhor que podia ter acontecido é que tivesse nascido morta, não é?

E eu quase desatando a chorar:

— Sim. Teria sido melhor...

Disse, antes de pegar Tecla pela mão e sair da mercearia.

Passadas algumas semanas, Dom Julián leu na aula de religião a passagem dos Evangelhos que narra as negações de São Pedro: "Entretanto, Pedro estava sentado fora, no átrio; aproximou-se dele uma criada que lhe disse: 'Também estava com Jesus na Galileia'. Ele negou diante de todos, dizendo: 'Não sei do que falas'. Mas quando saía e se dirigia para a porta, outra criada viu-o e disse aos presentes: 'Este estava com Jesus, o Nazareno'. E negou novamente o juramento: 'Não conheço esse homem'. Pouco depois chegaram os que ali estavam e disseram: 'Não há dúvida de que tu és um dos seus, porque a tua maneira de falar denuncia-te'. Então, começou a amaldiçoar e a jurar: 'eu não conheço esse homem!'. E nesse instante cantou o galo. Pedro lembrou-se do que Jesus lhe dissera: Antes que cante o galo me negarás três vezes'".

"*O melhor que podia ter acontecido é que tivesse nascido morta, não é?*"

— Ángela, está se sentindo mal?

Ao ver minhas lágrimas, Dom Julián interrompeu a leitura. A péssima atriz que sempre fui ensaiou um sorriso.

"*Sim. Teria sido...*"

— Tem certeza de que está bem? — insistiu o padre.

"*... o melhor.*"

Disse-lhe que sim, engolindo aquelas grossas lágrimas.

Hoje, continuo pensando que, comparada com a minha, a traição de São Pedro foi um nada.

Dom Julián.

Das suas aulas de religião também me recordo do versículo da "Epístola de São Paulo aos Romanos" que diz: "Oh, profundidade da riqueza, da sabedoria e da ciência de Deus! Quão insondáveis são os seus juízos e inescrutáveis os seus caminhos!".

Mas o Deus de que nos falava Dom Julián, esse Deus a quem minha mãe voltou as costas e eu deixei de rezar muito cedo, era um Deus distinto de como deve ser Deus. Como deveria ser Deus.

O Deus da escola, o Deus que aprendemos quando pequenos, era um Deus arrogante, de olhar severo e voz de trovão. Um Deus convencido. Convencido de que era um gênio. E que, como a maioria dos gênios, fazia-se de surdo. Então, rezar-lhe para quê?

Deus...

Continuo pensando que não pode não haver um Deus; tem de haver um Deus. Um Deus misericordioso, justo, magnânimo; não este caprichoso aprendiz de Deus a que estamos habituados porque nos habituaram a ele.

Se eu acreditasse, creria em um Deus como Deus manda. Um Deus em condições. Com garantia de qualidade.

Um Deus especializado, profissional, com diploma de Deus. A quem erguer os olhos em busca de uma resposta. A quem confrontar quando não se está de acordo com ele. Diante de um guichê de reclamações onde se possa ir. Para que dê uma explicação. Para cuspir-lhe na cara: "Não nos criou à sua imagem e semelhança? Não é por nada, que rica imagem. Que rica semelhança".

Um Deus em cima da sua obra. Sem perder um único pormenor. Controlando. Supervisionando. Aguentando a vontade de descansar ao sétimo dia; de voltar as costas a tudo; de ir de férias ou de dar um passeio.

Um Deus contrário à vontade de descansar um pouco. E atento, que é para isso que lhe pagam. Atento ao mais pequeno detalhe; de que tudo corra bem; de que tudo ande sobre os trilhos.

Um Deus incompreensível, indecifrável, inexplicável e todos os "áveis" havidos e por haver? Não. Simplesmente um Deus que esteja aí; que se saiba que está aí; que se sinta que está aí. Para que se possa contar-lhe os nossos problemas ou com quem discutir. Para que quebre a cabeça enquanto o ameaçamos, quando crescemos para ele: "Agora é que vai saber como são as coisas, seu esperto". Para podermos enfrentá-lo e gritar: "Por quê?". Ou para lhe perguntar baixinho, choramingando: "Por que é que…?".

"… *isto aconteceu conosco?*"

Um Deus que, se comete algum disparate, não encolha os ombros e balbucie: "O que quer?"; mas que também não venha com o velho truque de "reclamações, só no guichê". Um Deus que não ponha o morto nas mãos do outro e lave as suas mãos. Que não se esconda. Que dê a outra face.

Um Deus corajoso que não pensa duas vezes se tiver de pedir desculpa. Ainda que para isso tenha de respirar fundo e fazer das tripas o coração. Ainda que para isso deva baixar a voz, envergonhado com os seus constantes equívocos.

Um Deus com vergonha autêntica. Capaz de improvisar um "sinto muito, me distraí por alguns momentos, fiquei transtornado, eu não queria, eu não sabia...". Um Deus que não trema a mão quando prometa: "Não voltará a acontecer, dou a minha palavra de Deus".

... *louvamos-te, Senhor.*

Qualquer coisa menos este tremendo silêncio de quem atira a pedra e esconde a mão. Este silêncio culpado com que Deus parece olhar para o lado; disfarçado, como quem diz "Não fui eu".

Qualquer coisa menos um Deus — este Deus — que temos de procurar às escuras. Apalpando. Tropeçando.

Mas a quem pretendo enganar? Antes de tudo isso, se realmente acreditasse, acreditaria num Deus menos Deus e mais homem. Um Deus feito homem. À minha medida: imperfeito, limitado, vacilante.

Um Deus suado a quem tratar por você. Com as minhas dúvidas e os meus medos. Com os meus sonhos desfeitos, as minhas preocupações, a minha artrite, a minha falta de fé.

Um Deus de sapatilhas. Acessível. Próximo. Cotidiano. Cúmplice. Cheio de trabalho. Com barba de três dias.

Um Deus repleto que não saiba onde acudir primeiro. Que adormeça depois de um dia esgotante. Que não seja indiferente. Que não se vanglorie de nada. Que não seja garantia de nada; só consolo.

Um Deus quase explodindo. Desejoso de abandonar o cargo, ou de abdicar, ou de que maneira se possa dizer. Ansioso por nos mandar fazer gargarejos. E a ponto de sentenciar a todos: "Até aqui chegamos, o que vier atrás que se vire".

Um Deus que apague a luz, que feche a porta e que seja o que Deus quiser; e fingir que não viu nada.

Assim imagino Deus. O meu Deus. Que tem de existir. Que não pode não existir.

Passei a vida à procura Dele. Para acreditar Nele. Para me reconciliar com Ele.

Em Deus acreditava a menina que fui. Em Deus e nos Reis Magos. E se os Reis Magos eram uma invenção, não seria também Deus?

Vejo-me aos pés da cama, pedindo a Deus noite após noite — de mãos postas, de olhos fechados, numa atitude recolhida — que curasse a minha irmã; que quando acordasse tivesse desaparecido o seu ensimesmamento, o seu andar desajeitado e os seus gestos descontrolados, de nadador que se afoga.

"Por favor, meu Deus, que a Tecla seja normal. Que se torne normal."

Todas as noites. Antes de me enfiar na cama e de fechar os olhos com força. Para adormecer em seguida. Para que o truque de magia acontecesse imediatamente.

"Por favor, meu Deus, lembre-se de Tecla."
Noite após noite. Todas as noites. Em cada noite. Iludida e nervosa como quem espera a visita dos Reis Magos.
"Por favor, meu Deus, faz um milagre."
Mas os Reis Magos não vinham. Nem sequer para marcar presença. Nem sequer para me oferecerem carvão.
"Por favor, meu Deus, o que é que custa ao Senhor?"
Até que um dia não rezei mais. Será que me esqueci? Que acabou a minha fé? Ou que deixei de precisar de Deus? Pensando detidamente, não será muito mais prático levar você mesmo as coisas para a frente e aprender a prescindir de Deus?

Talvez tivesse acontecido de forma paulatina. Nada como "a partir de hoje não rezo mais" ou "fica na sua". Nada de cenas histéricas ou ajuste de contas. Suponho que não me lembrei de fazer isso uma noite sequer. Nem na seguinte. E quando quis reagir estava me questionando há quanto tempo não rezava.

Com minha mãe foi diferente. Este foi o pacto que propus a Deus: não o incomodaria mais, deixando-lhe a cabeça latejando com todas as suas rezas, nem o ensurdeceria rosário atrás de rosário, nem o fumegaria com a fumaça de tantas velas, mas em troca Deus teria de fazer alguma coisa por ela:

— Deixe de perturbar a minha vida, está bem?

Saída que Deus soube encaixar estoicamente. Depois de tudo, meu pai acabava de nos abandonar e chovia no molhado.

Impertinências à parte, era uma impossibilidade o que a minha mãe exigia a Deus: que preservasse Tecla da vida.

"Que pena estas criaturas. A mais velha irá crescer e tornar-se uma mulher; a mais nova, por mais que cresça, continuará a ser uma criança."

Que a Tecla seria sempre uma criança?, pensou minha mãe. Sim. Se assim estava escrito, não iria ser ela que levantaria a mão contra Deus e questionasse tão altos desígnios. Na condição de que Deus protegesse a Tecla, aquele bebê que tinha nascido deficiente.

Em outras palavras: a combinação incluía que Deus detivesse, ou que passasse por cima, ou anulasse – desta vez, só desta vez – as mais elementares leis da natureza. Como a puberdade, sinônimo de desenvolvimento, de transformação, de fertilidade. A puberdade, que muda as vozes dos rapazes e lhes endurece a pele e o olhar, enquanto arredonda as suas formas e molda os seus corpos, aumentando-os, enchendo-os de sangue. De vida.

Quando naquela madrugada minha mãe suplicou a Deus que preservasse Tecla, sabia o que estava pedindo: que a mantivesse à margem, sem contaminá-la. Que não destruísse a sua inocência. Que não se zangasse com ela, que já tinha o bastante com o que tinha. No fim das contas, se a segunda das suas filhas não estava destinada a ser uma mulher, por que razão não afastar dela sentimentos e desejos – o amor, a paixão, o sexo – que pertencem ao mundo dos adultos e só serviriam para magoar a menina que Tecla era e seria sempre?

"Tenho medo, meu Deus. Embora, se quer que eu seja sincera, não é medo o que tenho: é pânico. Na realidade, meu Deus, estou aterrorizada. E só. E perdida."

Mãe. O seu rosto iluminado pelo primeiro raio do amanhecer. A igreja ainda fechada; mas que a porta estivesse fechada não significava que minha mãe não soubesse onde Dom Julián guardava uma cópia da chave.

"Horroriza-me que Tecla seja a tonta do vilarejo. Que riam dela. Que a insultem e a desprezem. Que não possa valer-se a si mesma... Mas sabe o que é que mais me assusta, meu Deus? Que a sua mente pare e o seu corpo, por sua vez, continue a crescer e que num dia o corpo da minha filha acorde banhado em sangue e eu não saiba explicar-lhe por quê. Que a enganem e a obriguem e procrie, ou que se apaixone, e que eu também não saiba explicar-lhe as razões de tudo isso... São disparates, Senhor? Vamos, diga que são disparates. Diga que ando perdendo o sono por nada. Diga-me que isso não vai acontecer. Que são preocupações de mãe. Lógicas. Absurdas."

Mãe. Que, após uma noite acordada, tinha corrido rua abaixo, em direção à igreja, com a minha irmã nos braços. Para mostrá-la a Deus. Para que Deus tivesse consciência da magnitude de sua obra e se orgulhasse dela. Para lhe dizer: "Não te escondas, covarde. Olha o que fizeste. Olha para a minha filha. Chama-se Tecla e ninguém a não ser tu quis que ela seja como é".

Mãe. Perguntando também a Deus: "E no dia em que eu faltar?".

E, ao mencionar este medo, que reservou para o fim porque é o primeiro de todos, o que abre a lista; ao pronunciar este medo, dando-lhe forma, dando-lhe um nome, a voz da mãe fica embargada. É num sussurro de voz.

"E se puder ser..."

Minha mãe ajoelhada. Suplicando. Rebaixando-se. Por amor a uma filha, pelo que fosse. Pelo amor a uma filha, o que fosse necessário.

"E se puder ser, mas só se puder ser..."
Mãe. Sem se atrever. Hesitando. Consciente de que depende da misericórdia, da justiça e da magnanimidade de um ser cuja existência é uma mera questão de fé.
"E se puder ser, mas só se puder ser e não é pedir muito, meu Deus..."
Entre os ruídos e o resmonear deste velho trem, ouço a voz da minha mãe, que é a voz de quem não tem esperança; a voz de quem já perdeu tudo ou de quem nunca teve nada. Ouço a voz da minha mãe como a ouvi naquela madrugada em que, admirada com o seu comportamento sigiloso, decidi segui-la rua abaixo. Ouço a sua voz, que chegava até ao pilar da igreja atrás da qual me escondi:

— E se puder ser, mas só se puder ser e não é pedir muito, meu Deus, que Tecla morra antes que eu. Peço de todo o coração: que ninguém se veja obrigado a se responsabilizar por ela quando eu faltar. Que não se transforme num peso. Nem para a sua irmã nem para ninguém.

A primeira menstruação de Tecla foi aos doze anos.

Não sei o que é que minha mãe esperava. Um milagre? Que Deus dissesse simplesmente: "Façamos vista grossa?". Que o organismo de Tecla não florescesse à medida que ia completando dez, onze, doze anos?

Mas não houve milagre nem Deus fez vista grossa: a natureza seguiu o seu curso, sem interrupção, e o corpo da minha irmã começou a se desenvolver. E, ainda que reconheça que dizer "Tecla menstruou pela primeira vez aos doze anos" é dizer bem pouco, não posso – não quero – acrescentar mais nada: há coisas que são difíceis de serem lembradas mais que outras; coisas que magoam; que deixam a memória em carne viva. Como as respirações aceleradas de Tecla enchendo o quarto e me acordando, ainda que não pudesse ter certeza de que o que me acordava era a sua respiração alterada ou sua mão estendida, apalpando, tocando-me? A sua mão deslizando, procurando a minha mão. Para pedir ajuda. Para que lhe disssesse: "Tranquilize-se, querida, tranquilize-se, não se preocupe". Para que lhe dê alguma palavra apaziguadora: "Foi sem querer, Tecla, acalme-se". A minha consciência surgindo do sono, a minha consciência desembaraçando-se do sono, mergulhando, subindo à luz, enquanto a mão de Tecla insiste, zás, zás, sobre a minha, à espera de um "tranquilize-se, querida, tranquilize-se, não se preocupe", à espera de um "foi sem querer, Tecla, acalme-se". A sua respiração era como uma maré que ia subindo e envolvendo tudo o que encontra à sua frente; uma maré de onde emerge a sua mão numa tentativa desesperada para agarrar o que tem mais próximo: a minha mão. E eu, em vez de "tranquilize-se, querida, tranquilize-se, não se preocupe", em vez de "foi sem querer, Tecla, acalme-se", murmuro meio adormecida:

— Vou já buscar a esponja e a bacia.

A esponja? A bacia?

Abro os olhos. O sol já entra em nosso quarto. Está calor. É tarde. É domingo. É verão. Como sou capaz de me lembrar de tantos pormenores? Por que só no verão é que deixávamos as janelas do nosso quarto abertas. E se não fosse domingo — ou um feriado — eu não estaria a essa hora na cama.

A cama. O meu olhar, cada vez mais acordado, olha para a cama de Tecla, tingida de vermelho, a minha irmã, que me estende a mão. Uma mão coberta de sangue. O sangue escurece o seu ventre, as suas coxas e o seu nariz, onde devia ter levado a mão — para cheirar. Também suja a sua boca, da qual também aproximou a sua mão. Para provar.

Tecla. Enrolada como um novelo. Gemendo:

— Eima. Eima, eima, eima.

"*Queima.*"
E eu:
— Mãe.
Apesar dos meus dezessete anos:
— Mãe.
Mais forte:
— Mãe!

Não, não sei o que esperava minha mãe do seu pacto com Deus; o que sei foi como se sentiu: traída.

Mas, mulher forte, não se assustou, e depois da segunda e terceira menstruações da sua filha mais nova — a mesma respiração ofegante, o mesmo assombro nos olhos, idênticas tremuras — decidiu seguir o conselho do senhor Gabriel e dar a Tecla um sedativo. Todos os meses.

Eu fazia conta todos os dias. Estava quase mais atenta aos ciclos da minha irmã que aos meus. E quando pressentia a crise, avisava:

— Senhor Gabriel, deve estar na hora.

E o senhor Gabriel ia em casa, de maleta na mão, e com a sua voz tranquila sussurrava:

— Agora, Tecla, vou dar uma injeção de vitaminas em você.

E Tecla, que era magrinha e comia muito pouco, acreditava. E deixava que lhe desse a injeção.

Tecla adormecia. O seu corpo flácido, abandonado num cadeirão, como se o corpo fosse uma coisa de que nos vamos esquecendo em qualquer lugar.

Tecla apaziguada. E quanto à ideia de colocá-la em um centro qualquer – no Hospício de Santa Teresa? – era uma opção que dava calafrios à minha mãe:

– A sua irmã fica em casa, que é onde deve estar. E quando eu faltar, logo falaremos.

Tecla adormecida. Tecla apaziguada. É assim que me lembro da minha irmã. Assim foi pagando mês a mês o preço de ser mulher. Assim passou a vida.

Ainda que se isso é vida, que venha Deus e que o veja.

A consulta do senhor Gabriel.

Sobre a sua mesa, à esquerda, o estetoscópio; ao meio a luva e um calendário; à direita, a caneta de tinta permanente que nunca largou, o bloco de receitas com o cabeçalho "Gabriel Montes, médico" e um abridor de cartas de prata. Pendurados na parede onde estavam encostados o carrinho dos instrumentos e uma maca metálica que também servia de divã, os seus diplomas de licenciatura e especialização. E, em cada ponta da mesa, uma cadeira: a do senhor Gabriel e a do paciente. Ainda que àquele consultório não fossem doentes, apenas gente só.

Fui ali à procura de respostas: Tecla sofria de mongolismo? Se era mongoloide, por que não tinha os olhos rasgados, como as crianças do Hospício de Santa Teresa? Se não o era, por que falava com aquela voz pastosa, e os seus gestos – sem controle, desajeitados – eram tão parecidos com aqueles que Dom Julián nos descrevia todos os domingos no fim da missa do meio-dia: lentos, torpes, idênticos aos que faria alguém que tentasse caminhar debaixo de água...? Dúvidas que minha mãe não podia resolver: a minha curiosidade só lhe teria provocado mais dor. Por isso recorri ao senhor Gabriel. Faltavam uns anos para a primeira menstruação de Tecla, e pela minha cabeça passavam as palavras que tinha ouvido dos vizinhos do vilarejo. Essas palavras que se detinham e ficavam suspensas no ar se nós estivéssemos por perto: "atrasada", "anormal"...

Armando-me de coragem, bati à porta do consultório. "Entre", grunhiu o senhor Gabriel. Obedeci, pigarriei e disparei:

— Senhor Gabriel, a Tecla tem cura?

— Se tem cura? — repetiu ele, debruçando-se tanto em minha direção que me assustei.

Assenti.

— Não, Ángela — admitiu após uma pausa —, a Tecla não tem cura. A sua irmã sofre de paralisia cerebral.

Falou-me então da segunda gravidez da minha mãe, tão complicada, tão diferente da anterior que ela não teve outro remédio além de ficar de repouso a partir do quinto mês, convencida de que ia dar à luz um menino. Também me falou do parto — um nascimento longo e difícil, cheio de complicações — e de como nasceu Tecla: estrangulada. Imagem que apagou todo o resto. Porque se o senhor Gabriel enumerou outras causas da paralisia cerebral — a mistura explosiva de sangues dos progenitores ou a idade avançada de minha mãe, que não era o caso: minha mãe teve-me com vinte e cinco anos, e depois a Tecla — não me lembro: talvez esteja acrescentando pormenores que soube depois. Na realidade, a única cena que a minha mente impressionável reteve foi a daquele cordão umbilical enroscado em volta do pescoço de Tecla, apertando, impedindo a passagem do fluxo sanguíneo e do oxigênio durante um segundo, ou dois, ou três, cada segundo a mais uma célula a menos: um pedacinho de cérebro que se extingue devagar, em silêncio. Ou não: pode ser que as células cerebrais não se extingam em silêncio. Talvez se arrebentem como lâmpadas, mas que ninguém perceba esses minúsculos ruídos, ocupados os presentes – o pai? A mãe? A irmã mais velha? – em conter a respiração enquanto o médico luta contra essa armadilha mortal que prolonga a agonia e segue com o seu trabalho devastador, arrasando, apagando células. Centenas, milhares, milhões de células que não ressuscitarão, uma vez que nesta parábola há morte, mas não ressurreição, e as células mortas são isso e só isso e nada mais que isso: células irrecuperáveis, perdidas, que teriam afetado a inteligência, os sentimentos, a alma: centenas, milhares, milhões de valiosos segredos do novo ser, que viverá se o médico desapertar a tempo o nó corredio que asfixia. Se nascer com o cérebro afetado apenas viverá. Seria isso vida? E, se o fosse, que tipo de vida?

O senhor Gabriel emudeceu. E eu, curiosa, rompi o silêncio:

– O senhor desatou a tempo o nó?

Não queria perguntar isso. Queria perguntar: "Foi culpa sua, senhor Gabriel? Diga-me a verdade, de quem foi a culpa?". Mas há perguntas que não podem — que não devem — ser feitas.

O senhor Gabriel franziu o cenho e se mexeu, incomodado.

— Eu fiz o que pude, filha — confessou. — Fiz o que pude.

Demorei a compreender que o senhor Gabriel, que se levantou da cadeira e me acompanhou à porta principal, permanentemente aberta, não era o mesmo que pouco antes me tinha grunhido "Entre", me convidando a entrar no seu consultório. Bom, sim: era ele, não há dúvida. O que tento explicar é que o senhor Gabriel que me escoltou pelo corredor parecia um velho. De repente, os anos tinham-lhe vencido os ombros e encurvado a sua figura, fazendo com que arrastasse os pés. Embora ainda tivesse forças para me reter no umbral, mexer no meu cabelo e dizer com voz muito baixa, como se no fundo esperasse que eu não o ouvisse:

— Quem é que disse que a vida é justa?

Villaralto, Punta Águilas, La Ermita: as estações se sucedem lentamente ao longo desta manhã interminável. O trem não perdoa nem uma: em todas detém o seu curso. Não sei por que o chamam de "rápido".

Encinar, Peñalba, San Vicente: pouco a pouco o vagão vai ficando lotado; mais do que passageiros e conversas, de ruídos de animais nas suas gaiolas. Porque este trem é daqueles em que as pessoas, desobedecendo as normas, sobem carregadas de cestas e animais: uma lebre para presentear os parentes de um vilarejo vizinho, um cachorro fiel que não demorará muito em procurar refúgio sob o assento do seu dono, duas ou três galinhas cujo terror, longe de se traduzir num cacarejo escandaloso, provoca um esvoaçar de penas que, com tanto vaivém, flutuam e rolam e mudam de lugar, e ao pousar voltam a agitar-se, a esvoaçar. Como as minhas recordações que se deixam levar. Pelo bambolear da memória. Pelo bambolear do trem.

Media Calle, Quintanilla, Benadiel: que lentidão de estações esquecidas. Estações de que não me lembrava havia… quanto tempo já?

Foram anos de ausência ou foram séculos? Que importa o tempo que tenha passado: anos ou séculos, os remorsos regressam agora com a raiva de ontem. A das velhas feridas, que julgávamos já cicatrizadas. Que sararam por fora, mas que por dentro mantêm todo o seu ardor e veneno.

Por vezes, basta um simples roçar para voltarem a abrir.
"Ángela? É você, Ángela?"
Um toque de campainha na escuridão da noite.
"Ángela, está me ouvindo?"
Uma palavra. Ou duas. Ou três.
"Filha, não se altere e ouça..."
Um nome.
"Sou Gabriel Montes. Lembra-se de mim...?"
Um lugar.
"O médico de Barranca..."
Barranca.

O vilarejo: quatro casas mal contadas, uma escola desfeita, uma igreja branca de cal e as ruínas de uma torre mourisca. Isso é – assim é – Barranca.

Barranca chama-se Barranca em honra ao que alguém, num ato de inspiração, batizou como "o *terrapicio*": uma garganta de pedra que ladeia o caminho de acesso. Afiada à traição pelo roer dos anos e pelas inclemências do tempo, árvores e arbustos agarram-se às suas abruptas paredes resolutos a enganar a gravidade.

Eu e a minha irmã nascemos em Barranca, aprendemos rapidamente a esquecer nosso pai, de quem nunca mais tivemos notícias desde aquela última manhã, quando me levantou ao ar e, após um instante de hesitação que durou uma eternidade, me beijou e disse, cravando-me os seus olhos, povoados de sombras e remorsos: "Cuide de Tecla". Se é que esse último beijo não é uma memória sonhada ou uma memória inventada, que eu não creio: a não ser para o beijar ou para brincar com ele, para que outra coisa um pai pegaria nos braços o seu filho?

Minha mãe ultrapassou esta nova crise, que remédio: com duas filhas para criar, deixar-se abater era um luxo. Assim, fiel é à máxima que parecia rebuscar nela nos momentos difíceis – "Se a vida o manda para baixo, que se vá abaixo, mas você não poderá nunca ir você mesmo abaixo" – limpou as lágrimas e em cada dia foi prestando menos atenção aos rangidos da casa e aos nossos pequenos ruídos infantis, que a princípio devia confundir, pois de repente punha a cabeça de lado, endireitava o corpo e suspendia as mãos de sobre a costura: a atitude de quem aguarda uns passos capazes de inundar todos os recantos da memória. Até mesmo aqueles que a memória esqueceu.

É curioso que uma pessoa tão cheia de medos se refizesse; alguém como ela, que dormia com a luz acesa e não parava de repetir: "Quando morrer terei muita escuridão". A angústia devia correr-lhe a alma, penso. Mas a verdade é que os brilhos coloridos voltaram a surgir no fundo de seus olhos. Que o riso regressou à nossa casa. E que nos quis pelos dois: por ela e pelo nosso pai ausente.

Não, carinho não nos faltou. Contudo, o que mais

agradeço à minha mãe, além do seu amor e afeto, é que nunca mentiu para nós. Que tivesse tido a coragem de não recorrer ao falso consolo como o "pai está viajando" ou "confiem em mim: ele irá aparecer". Simplesmente optou por não se referir a ele. Como se não existisse. Como se nunca tivesse existido. E, na verdade, já não existia. Pelo menos para nós três.

Puente Roto, Castillejo, Palomera: o inspetor vai anunciando as estações à medida que nos aproximamos delas, e cada nome arranca velhos ecos da minha memória. Depois, o trem reduz a velocidade, tosse e para, e ali estão Puente Roto, Castillejo, Palomera, como antes estiveram Benadiel, Quintanilla, Media Calle, e como depois virá… O que vem depois? Já não me lembro; não me quero lembrar. Para quê? Entretanto, o trem espera. Alguém que não chegará, porque nesses vilarejos há cada vez menos gente e a pouca que resta é gente resignada, gente vencida, gente que vê passar os trens ao longe, porque é nisso que consiste a resignação: em contemplar o passar dos trens sem nunca entrar neles; sem sequer sonhar entrar neles um dia. Para quê?

O trem espera, ronca, recupera forças. Chiam as vias e rangem os trilhos. Os motores continuam em marcha, porque quem garante que o maquinista poderia fazê-los funcionar de novo se os desligasse agora? Talvez o trem tema morrer numa destas paragens, entre fantasmas de velhos que de vez em quando percorrem as plataformas, com a esperança de surpreender o regresso desses filhos ou netos que há muito – anos, séculos – não ouviram o chamamento da terra, fizeram as malas sem reconhecer que aquilo que empreendiam era uma fuga; jovens que no último momento vacilaram e olharam para trás para levar gravadas na retina as lágrimas de sal de uma mãe, os maxilares apertados de um pai, a mão de uma irmã agitando-se no ar – "deus, deus" – a sua pele branca, pálida, transparente: um rio revolto de veias na pele; a sua figura encurvada, o corpo envelhecido antes do tempo, porque o tempo não é o mesmo para uns e para outros; porque o tempo não passa igual para todos. Uma irmã pequenina, enrugada, dizendo adeus com a sua meia língua – "deus, deus" – como se em vez de se despedir estivesse rezando. O resto? O resto é uma plataforma solitária e umas quantas palavras que o barulho do trem afoga: "Até breve, mamã". "Escreva, filha." "Claro."

Claro? Claro, o quê? Claro que não?

– Pinos Blancos – informa o inspetor, e à sua passagem se levanta um remoinho de penas.

Pinos Blancos.

Repito o nome que me faltava, o nome que tinha na ponta da língua, o nome que insistia em não surgir: "Pinos Blancos". E a minha memória retrocede por outras vias tão oxidadas como esta. A minha memória que, decidida a fazer horas extras, parece um mágico. Um mágico de verdade, um mágico autêntico, que não sabe se o que a seguir tirará da cartola será um lenço colorido ou uma pomba ou um coelho, que o primeiro a ser surpreendido pela magia é o próprio mágico. Caso contrário, qual magia, qual quê.

Ao ouvir o nome de Pinos Blancos, minha memória vai ao fundo da cartola e resgata uma história. A velha história de uma velha mulher. Uma mulher que nunca soubemos como se chamava: para os vizinhos do vilarejo e dos vilarejos ao redor fora sempre a estrangeira de Pinos Blancos. Vivia para os seus cães, os seus cinco ou seis cães. Cães com nomes estúpidos: Negro, Curro, Pepito... nomes que os estrangeiros põem aos animais. Ou não será mesmo vontade de fazer piada ao colocar o nome de Pepito a um cão? Que na sua boca, na sua boca de estrangeira, não soava "Pepito", mas sim "Pépito". Que raio de nomes: Negro, Curro, Pepito: os seus cães; cachorros que ia recolhendo pelas ruas: um com a órbita de um olho vazia, outro cego dos dois olhos, um terceiro com uma pata partida. "Se não for eu a tomar conta deles quem tomará?", dizia a estrangeira que, de repente, anuncia que vai embora, que já pode regressar ao seu país porque a guerra, graças a Deus, acabou, ainda que ela, claro, não diz "graças a Deus": na realidade, diz algo impronunciável, deviam ver como falam esses estrangeiros, e as coisas que dizem logo que lhes voltamos as costas. Pois isso: que vai embora; diz que vai embora e que a guerra terminou; não a nossa guerra, mas a sua: qual é o país que se preze que não teve ao longo da sua história pelo menos uma guerra exclusiva, propriedade sua? A estrangeira dizendo "vou-me embora", "fecho a casa", "foram muitos anos, mas devo voltar". Dizendo "a minha pátria", "a minha terra", "o meu lar", porque nem a sua terra nem a sua pátria nem o seu lar lhe saem da boca ultimamente. "Vou-me embora", insiste. "Fecho a casa". E ao veterinário: "Adormeça os cães". Assim, sem mais. E perante a estranheza do homem: "Adormeça a todos", como se fosse que quisesse verdadeiramente: adormecê-los. E o veterinário que não sai do seu assombro. E ela, firme: "Adormeça os cães". E ele: "Tem certeza?". E ela: "Claro que tenho certeza. Não posso levá-los, mesmo que quisesse", enquanto os seus olhos tropeçam com os olhos, cegos ou não, dos seus cães: do seu Negro, do seu Curro, do seu Pepito; dos seus cães, como ela diz. A estrangeira, que, ao dizer, "Não posso levá-los comigo, mesmo que quisesse", fraqueja. E com o que ainda tem de convicção acrescenta: "Prefiro adormecê-los a vê-los nas mãos das bestas deste vilarejo"; há que ter coragem: como se atreve a insultar as pessoas do vilarejo onde se refugiou da sua maldita guerra? Enfim, por umas quantas pedras que as crianças teriam atirado nesses cães magricelas, pois de alguma maneira as crianças têm de se entreter com alguma coisa, não é? Ai, esses estrangeiros! Tão finos, tão cheios de salamaleques; tão dependentes daquelas refeições e dessas coisas tão estranhas que tomam; sempre empenhados em denunciar tudo, venha agora dar palpites... "não posso levá-los, repete a estrangeira. E imediatamente, hesitando: "Talvez um, só um, mas qual deles?". Isso, qual deles? A qual dos cinco ou seis cães poderia salvar? Ao zarolho? Ao cego? Ao da pata partida, que a olha com adoração, com encanto, quase com fé...? Incapaz de decidir, a mulher deixa-os ali, no jardinzinho do veterinário. Incapaz de decidir, suspende a ordem e vai-se embora; no caminho de regresso à casa, uma *via crucis*; o caminho de regresso, um amargo calvário. A partir de então caminhará absorta rua acima e rua abaixo, com os olhos semicerrados, perscrutando muito longe, muito dentro, muito fundo; nos seus lábios um murmúrio: "Talvez um, um e nada mais, apenas um… mas qual?". Nos seus lábios uma dúvida, uma oração, uma pergunta: "Qual?". O pior é decidir. O pior é ter de decidir; ter de escolher. Entretanto, no jardinzinho da casa do veterinário, os cinco ou seis cães — Negro, Curro, Pepito — ladram e uivam inquietos: quanto tempo irá demorar a sua dona. A sua dona que ainda pensa: "Se não for eu a tomar conta quem o fará?". Mas também: "Prefiro adormecê-los a vê-los nas mãos das bestas deste vilarejo". E os dias passam. E cada dia é um dia a menos. Até que os dias se acabam e já não haja mais dias: a estrangeira deve partir; a estrangeira deve tomar uma decisão. E a toma. Muito contra a sua vontade, mas a toma. E a decisão é não levar consigo nenhum dos cães: nem o Negro, nem o Curro, nem o Pepito. A decisão é não salvar nenhum. Não preferir nenhum. Porque não sabe, porque não pode, porque não quer escolher; ter de escolher; ver-se obrigada a escolher entre o seu Negro, o seu Curro, o seu Pepito.

A estrangeira de Pinos Blancos. Indo embora. Olhos marejados. Os seus cinco ou seis cães — Negro, o zarolho; Curro, o cego; Pepito, o da pata partida — arranhando, intranquilos, a cerca ao ouvi-la afastar-se. Mas já não uivam; já não ladram no jardinzinho da casa do veterinário:

simplesmente gemem. Cada vez mais baixinho. Cada vez com menos forças. Como se o sono fosse vencendo suavemente o Negro, o Curro e o Pepito.

Consulto o relógio. Estamos quase chegando a Barranca. A manhã foi-se transformando em tarde enquanto pensava na minha mãe. Na minha irmã. Em nós três.

Há muito que nós três deixamos de ser nós três: desde que, digna filha de meu pai, abandonei Barranca. Desde que fui viver em Madri. Desde que converti o meu trabalho numa sucessão de desculpas que me retinham, impedindo meu regresso: as aulas da semana seguinte, exames que tinha para corrigir, essa gripe cujo contágio eu não queria passar adiante...

À medida que a tarde avança, avançam as censuras. Penso na minha mãe. E na minha irmã. Penso no passado. E lamento tantas coisas! O impulso juvenil que me levou a entrar no trem, rumo a Madri, com uma recomendação do senhor Gabriel no bolso; o egoísmo que me obrigou a adiar as minhas viagens a Barranca. Ou talvez não fosse egoísmo: talvez fosse vergonha. Vergonha de ter sido eu, e não minha mãe, que tinha conseguido fugir de uma existência irrespirável que girava em redor de Tecla. Vergonha de ser eu, e não minha mãe, de finalmente ser livre. Vergonha de seguir os passos de meu pai ao optar pela fuga, pela distância, pelo esquecimento. Vergonha também dos meus silêncios — densos, longos, incômodos — cada vez que minha mãe, naqueles primeiros anos da nossa separação, me sondava do outro lado do telefone, meio ansiosa, meio esperançada: "Já sabe que não posso viajar por causa da sua irmã. Quando virá nos ver?", "E na Semana Santa?", "E no verão?", até ficar simplesmente reduzida a "Virá nos ver, filha?", sem exigir de mim um dia determinado, uma data fixa, uma promessa garantida. Vergonha, sobretudo, de não me atrever a lhe contar a verdade; que não ia regressar.

Minha mãe e as suas perguntas, no fim das quais estavam sempre as minhas aulas, os meus exames, as minhas reuniões na escola: as minhas mentiras, após as quais retumbava o silêncio. Silêncio que ela ouvia em silêncio: o silêncio pesado da decepção, que equivale a "Sim, eu já sabia" ou "Era o que me parecia"; o silêncio que intui o engano e não quer continuar a ouvir; o silêncio de quem teme que a distância se torne inultrapassável.

Por fim, deixou de fazer perguntas. Por fim, creio que tinha medo de fazer perguntas. Ainda que provavelmente não fossem as suas perguntas que lhe dessem medo, mas sim as minhas respostas: as minhas mentiras, os meus pretextos, os meus silêncios culpados.

Mas regressei, claro que regressei. Em sonhos.

"Ontem à noite sonhei que tinha regressado a Manderley."

Sonhos onde regressava contra a minha vontade, depois de ter lutado contra a minha consciência, que só assim conseguia impor-se. Sonhos em que percebia que nada seria como tinha sido antes, que eu já não vivia ali: só estava de visita, de passagem, provisoriamente, ocupada em contar os dias que faltavam para pegar de novo o trem. Se é que a minha mente não tinha ficado no trem.

Agora penso — agora sei — que não devia ter escolhido o mais cômodo, o melhor para mim, mas sim o melhor para as três; o melhor — ou o menos mau — para todas; o que nos tivesse mantido juntas. Assim, e só assim, teria podido estar ao lado de minha mãe no momento da sua morte.

"Ángela, filha, não se altere e ouça…"

Assim, e só assim, teria podido me despedir dela. Beijar-lhe a testa. Fechar-lhe os olhos.

Não teria deixado que ninguém me ajudasse a colocar sua mortalha. Teria feito sozinha. Às cegas. Sem poder controlar as lágrimas que me impediriam que a visse bem.

Às apalpadas teria percorrido o seu corpo com uma esponja; às apalpadas a teria penteado e teria mudado o seu vestido; às apalpadas teria preparado a sua viagem final.

Depois, lembrando-me de fechar a porta do seu quarto, teria entreaberto as janelas e teria me sentado para velar o seu cadáver, disposta a cumprir uma velha promessa que me obrigou a fazer muitos anos atrás: certificar-me de que estivesse realmente morta e que não tinha sido vítima de um ataque de catalepsia, o seu pior pesadelo.

"O que tem de pedir a Deus é que os médicos acertem."

Do outro lado da porta fechada chegaria até mim — seguramente — a voz pesada do senhor Gabriel, com a missão de confirmar a morte: "Abre, filha, não seja teimosa.

Saia daí, vamos." E eu, cortante: "Ainda não, senhor Gabriel, ainda não. Um dia mais e a enterramos. Um dia mais, prometo".

Entretanto, sentada na penumbra daquele quarto, continuaria a velar o corpo de minha mãe. Esperando por um sinal: um mão crispada remexendo no peito, os lábios contraídos numa expressão de dor, o pânico nos olhos, desmesuradamente abertos.

Até ter a certeza. Completamente certa.

Até me convencer do inevitável.

... mas chego tarde.

A menina cuja mãe morreu ontem não parou todo o dia: incapaz de se impor, o seu pai permaneceu esquecido a um canto – ar ausente, o olhar perdido –, alguém devia receber os vizinhos e amigos que iam chegando para acompanhar a família nestas horas terríveis.

Cansada de remexer os lençóis, a pequena levanta-se da cama. O cansaço ou faz adormecer ou faz permanecer acordado.

No silêncio da noite e da casa, dirige os seus passos para o quarto onde a mãe repousa dentro do caixão que a terra, ansiosa, não tardará a engolir. A menina quer se despedir sem testemunhas inoportunas. Também quer chorar, uma vez que durante o dia aguentou a sua vontade de chorar, ocupada em ir e vir, em falar com uns e com outros, em fazer-se de mãe. Em não desfazer-se.

Ao entrar no quarto descobre que o seu pai se antecipou. Vencido pelo sono, o homem dorme mal sentado numa cadeira, à luz de um círio que alguém – o padre? – deixou aceso.

Comovida, aproxima-se da cama. Um rosário de nácar está entrelaçado nas mãos da sua mãe à altura do peito. "Adeus, mamã", sussurra. Que mais pode dizer? "Pai nosso que estás no céu", reza, e enquanto reza sente que se quebra por dentro. São as primeiras lágrimas: lágrimas de menina assustada perante a profundidade da morte; lágrimas de mulher que sabe que já nada será igual.

Um silêncio descomunal instalou-se à sua volta; um silêncio grande, que cheira a flores. A luz do círio lambe as paredes do quarto e cria sombras que acariciam o rosto de sua mãe, adelgaçado pela morte. E então vê – ou pensa ver – que a mulher mexe as mãos. Imperceptivelmente. Como se esticasse os dedos, cansada de estar com eles encolhidos por tanto tempo.

As contas do rosário tilintam; a chama treme; a luz se apaga.

"Bum-bum, bum-bum, bum-bum!", o coração parece bater na garganta. A pequena grita. Muitos anos depois, pensará que, se não tivesse gritado, teria morrido ali mesmo. Naquela noite. Naquela escuridão.

"Está se mexendo! Eu a vi se mexer!" Os gritos acordam o seu pai, o vilarejo inteiro. Barranca se agita. "Não a enterrem! Não está morta! Ela se mexeu! Eu a vi se mexer!", insiste ela. Não há quem a acalme.

Minha mãe sempre pensou que tinham enterrado a minha avó viva, mas nunca se atreveu a pedir a exumação do cadáver. Talvez temesse que a descoberta de marcas de uns arranhões no interior do caixão – ou algo pior – confirmasse as suas suspeitas.

Chego tarde, sim. Tarde para cumprir antigas promessas.

Como a que fiz à minha mãe. Quem alguém que não fui eu – uma vizinha caridosa – a terá amortalhado? Quem alguém que não fui eu – Dom Julián? – a terá velado? Em cujo quarto não me sentarei para esperar um sinal, um gesto qualquer – uma mão crispada remexendo no peito, os lábios contraídos numa expressão de dor, o pânico nos olhos, desmesuradamente abertos – que desmentisse o inevitável.

Promessas. Velhas promessas. Como a que me obrigou a fazer o meu pai naquela última manhã, quando me deu o último beijo.

"Cuide da Tecla."

Aquele último beijo que não sei se é uma memória real ou uma memória sonhada; uma memória inventada para não esquecer que tive um pai.

"Também isso não pude, pai. Também não pude cuidar de Tecla", digo-lhe, embora provavelmente não diga a ele: provavelmente estou rezando. Ou talvez não é que não tenha podido cuidar de Tecla: talvez não tivesse sabido ou querido. "Que diferença faz, agora que morreu?".

"Ángela, filha, não se altere e escute..."

Fecho os olhos e penso no meu pai. E na minha mãe. E em Tecla.

Fecho os olhos e penso em mim.

Fecho os olhos e penso: "Chego tarde".
E antes de voltar a abri-los percebo algo. Sei.
O trem parou.

SEGUNDA PARTE

Este homem que me abraça; este homem que se debruça sobre mim, chorando; este homem cuja dor deveria ser a minha mas que eu não sinto como minha: este homem é o senhor Gabriel.

Já estamos há um bom tempo na solidão da estação, isso é o que separa Barranca de Madri: uma série interminável de estações desertas, onde a pressa dos passageiros se transformou numa longínqua recordação. Ou talvez só tenham passado alguns minutos desde que desci do trem e nos fundimos neste torpe abraço, mas que minuto tão longo, interrompido de quando em quando pelos seus suspiros: "Ai, filha".

— Calma, senhor Gabriel, não diga nada — tento tranquilizá-lo, comovida. E questiono-me: "Quem deveria consolar quem?".

"Sou Gabriel Montes. Lembra-se de mim? O médico de Barranca..."

Claro que me lembrava dele. Reconhecê-lo foi mais difícil.

"Este senhor Gabriel não é o senhor Gabriel de sempre", penso, enquanto a sua respiração de homem doente roça no meu pescoço e luto contra aquele bloqueio.

Gostaria de lhe dar uma palmadinha nas costas, esboçar um sorriso de ânimo, mostrar-lhe um desses gestos minúsculos de que nos servimos para transmitir apoio ou carinho: um beijo, uma carícia. Mas sou incapaz: o meu corpo não responde. Estou surpreendida. E alarmada. Quem é este fantasma que se agarra a mim como um náufrago a uma tábua?

Centenas de rugas sulcam o seu rosto. Quais centenas: milhares. Não é que tenha envelhecido: é que os anos não perdoaram. E assimilá-lo e acostumar-se não é o pior. O pior é descobrir neste ancião a sombra daquele outro que um dia, no seu consultório, me falou da doença de Tecla. A diferença é que hoje não pode me fazer uma festinha no cabelo e repetir: "Não, Ángela, Tecla não tem cura. A sua irmã sofre de paralisia cerebral". Porque Tecla morreu. Como a minha mãe. Como possivelmente nós dois e ainda não o saibamos.

Olhamo-nos nos olhos; dentro dos olhos. E eu, constrangida, exclamo:

— Quanto tempo...!

A sua mão direita roça a alça da mala; os dedos esticados, crispados, trêmulos. A seguir sobem até à sua face e limpam-lhe uma lágrima.

"Esse tremor também não estava aí antes", penso.

— Sim, quanto tempo — admite. E após uma pausa: — Filha, se soubesse que você iria embora para sempre não teria ajudado você a fugir.

O senhor Gabriel arrasta os pés. De nada servem os meus protestos: empenhou-se em levar a minha mala. Se esta cena tivesse acontecido anos atrás, teria jurado que era o peso da minha bagagem que dificultava o seu movimento. Agora não tenho certeza: a velhice não perdoa.

Quando lhe pergunto como soube a hora que o trem chegaria, encolhe os ombros e grunhe. O seu gesto diz tudo: não é que tenha madrugado para esperar por aquele trem, madrugou para esperar por qualquer trem.

Pousa a mala no chão. Suspira.

— Senhor Gabriel, deixe que agora eu carrego — proponho.

Ele resmunga e murmura que nunca se encontrou tão bem. E para demonstrar como a mala pesa pouco acelera o seu passo fatigado, distanciando-se de mim. Transpira e arqueja sob o sol da tarde, mas jamais reconheceria que é pelo esforço. Antes, morto.

Caminhamos em silêncio. Como se tivéssemos medo de falar. Como se ainda não fosse o momento oportuno.

Fraco, consumido, teimoso, vai guiando-me, rua acima, em direção à sua casa, talvez em direção à minha: também não foi muito explícito. De vez em quando, volta-se e finge que a minha demora o atrasa, ainda que na realidade aproveite esses instantes de vantagem para colocar a mala no chão e recuperar o alento. Até que chegue perto dele, esperando alguma explicação, algum comentário que não sai da sua boca: quando me dou conta, adiantou-se de novo por estas ruas vazias onde o eco dos nossos passos tem um ar de procissão.

Assim escoltada, pareço uma turista. Uma estranha que não reconhece o lugar porque é a primeira vez que o visita; que o percorre; que o aprende. O que não é de todo falso: em quantas ocasiões terá passeado por Barranca como uma sonâmbula, olhando sem ver, sem parar para observar?

Enquanto nos afastamos das primeiras casas do vilarejo, tenho a sensação de que as cortinas se mexem à minha passagem. Nesta altura, já terá corrido a notícia da minha chegada, e o remexer de cortinas que adivinho de soslaio nas janelas só pode indicar a iminência de uma nova cerimônia de dor, que não da morte: essa foi ontem e dupla.

Atrás das finas cortinas dos vidros imagino as mulheres refletidas na solidão dos seus espelhos, hesitando entre estes ou aqueles brincos menos chamativos; decidindo o que será melhor: cobrir a cabeça com um lenço preto ou deixá-la descoberta. Incômodos nos seus trajes de domingo os homens estariam livres do relógio: o que não dariam para que este mau pedaço tivesse já passado e pudessem ir para o boteco, para o calor dos amigos e do copinho com que se acaba o dia. Sairão dentro de pouco tempo, quando estiver mais fresco. Eles, à frente, sempre à frente. Como cada noite. Como todas as noites. Exceto esta noite. Esta noite os homens irão perdendo força e ficarão mais lentos. Esta noite, eles serão os últimos a se aproximar, a me beijar, a sussurrar ao meu ouvido um apressado "sentimentos", um "não somos nada" murmurado entre os dentes ou qualquer destas expressões de pêsames mil vezes repetidas que pretendem reconfortar, na crença, errônea, de que a dor é menos dor pelo fato de ser partilhada; de que a companhia abranda o sofrimento.

Os homens recuando perante a morte; transformando-a num assunto de mulheres; empenhados em esquecer, em apagar da imaginação — da memória, de onde seja — a certeza de que brevemente poderá acontecer com eles; de que amanhã serão as suas viúvas as beijadas, as desconsoladas, as consoladas. Como eu, hoje.

— Chegamos — anuncia o senhor Gabriel.

Chegamos, de fato. À sua casa. Ao seu consultório.

Luta contra a fechadura. Ultimamente — intuo — tudo lhe resiste.

— Entre — convida. — É preferível que fique aqui comigo. A sua casa...

Ainda que não termine a frase, compreendo. Pensou que me sentiria mais confortável dormindo aqui. Na casa da minha mãe — a minha casa, agora — teria demasiadas memórias. E não se engana.

— Obrigada.

Ou não me ouve ou faz-se de distraído.

— Talvez queira descansar.

Não respondo, porque não é uma pergunta. Mas, sim, estou cansada: tenho a impressão de que a minha vida foi muito longa desde a hora que o telefone tocou, no dia anterior. Nestas circunstâncias, no entanto, descansar não seria um luxo: seria um milagre.

Corredor afora, vou inspecionando cada quarto. Lembro-me de cada móvel, de cada pormenor, de cada canto. O sol da tarde incendeia a mesa do seu consultório onde brilham três objetos que aguardam pacientes; três objetos cuja quietude parece indicar que nada mudou, que tudo continua igual: o estetoscópio, a caneta-tinteiro, o abridor de cartas de prata.

"Senhor Gabriel, a Tecla tem cura?"

... estou tentada a dizer. Mas reajo. Se nada mudou, se tudo continua igual... e minha mãe? E Tecla? O que aconteceu? Quantas coisas perdi?

Volto-me para ele, aguardando uma resposta que espero desde que desci do trem e me abriu os braços.

— Eu descobri os cadáveres.

Diz. E assim começa esta história.

A casa estava em silêncio. O senhor Gabriel não me contou, mas pressupus: minha mãe e minha irmã deviam estar mortas... há quanto tempo?

— Quando morreram?

O senhor Gabriel encolhe os ombros.

— E que importância tem isso? Importa muito a hora? Ou você quer mesmo saber?

Encaixo este primeiro ataque sem pestanejar.

O médico bateu à porta. Ninguém respondeu. Como bateu outra vez e não obteve resposta, o senhor Gabriel, que todas as manhãs passava por lá para tomar o café da manhã, tirou do bolso a sua chave.

— Sua mãe confiou-me há alguns anos, quando você foi embora. — Nova carga de rancor. — Tinha medo de perder a dela.

Não entrou temendo o pior: entrou disposto a aguardar pacientemente, de jornal na mão, que a minha mãe e Tecla aparecessem, e que em certas manhãs lhes custava mais levantar-se que outras. "A menina terá passado uma noite difícil", pensou. Apesar dos anos, a minha irmã continuava a ser "a menina".

Acabada a leitura, consultou o relógio. Dez horas. "Já estão demorando muito", pensou. E, então, decidiu acordá-las com o aroma do café acabado de fazer.

Na cozinha, entreteve-se, colocando sobre uma bandeja três xícaras, três pratos e três colheres, além de uma leiteira e guardanapos. Depois de moer vários punhados de café em grão, esperou que a água fervesse. Acrescentou umas fatias de pão do dia anterior, manteiga e compota. Ah, e o açucareiro! Ritual mais longo de pormenorizar do que pôr em prática: a ele, familiarizado com cada canto da casa, não lhe ocupou demasiado tempo.

Ao voltar à sala, mudou de ideia. Não seria melhor surpreendê-las levando-lhes o café da manhã na cama? Quase parecia ouvir Agustina dizer: "Que luxo é esse, Gabriel! Mas o que é isto, está querendo me conquistar?".

Teve de colocar a bandeja no chão para acender a luz do corredor e abrir a porta do quarto da mãe, enquanto anunciava: "O café da manhã, Agustina".

— Sua mãe não tinha dormido no quarto dela. A cama não tinha sido desfeita.

Aquilo parecia corroborar a sua primeira impressão: uma noite difícil.

A porta do quarto de Tecla — ao fundo do corredor — não estava fechada. Então, ele a empurrou com o pé, mantendo o equilíbrio para não derramar o café e o leite. "Acordem, suas preguiçosas, vamos tomar o café que estou trazendo!", exclamou. Foi com o cotovelo que procurou na parede o interruptor e o acionou.

Estavam as duas na cama, Tecla recostada sobre o ombro da mãe, e a mãe, mais do que numa atitude de abraço, numa atitude de proteção.

As mãos do senhor Gabriel não tremeram diante daqueles olhos abertos que mostravam que não estavam dormindo; as mãos do senhor Gabriel não deixaram cair a louça ao chão. As colheres nem sequer tilintaram nos pratos. Também não lhe falhou o pulso quando colocou a bandeja na cômoda. Nem quando, depois de se aproximar da minha mãe e de Tecla, verificou a frialdade dos seus corpos. Sentado a um canto da cama, o senhor Gabriel suspirou, convencendo-se do inevitável.

Muito devagar, como se me aterrassem os meus próprios pensamentos, como se não desse crédito ao que lhe vou perguntar ou não reconhecesse como minha a dúvida que me corrói desde a noite anterior, balbucio:

— E as necropsias?

— As necropsias? — Vacila. E quando volta a falar detecto uma certa ironia na sua voz: — Mas, filha, se a última necropsia que fiz foi no meu tempo de estudante de medicina... — Recuperando a seriedade: — Além disso, depois de uma vida de sofrimento, que serviria remexer no corpo delas. Agora que descansam em paz?

Olha-me fixamente; perfura-me; traspassa-me.

— Não digo que em casos pouco claros a necropsia não seja obrigatória, mas para isso estou eu aqui, Ángela: para preencher a papelada e encobrir tudo isto. Senão seria necessário... — Aperta os lábios. — Você não acha um trâmite que, dadas as circunstâncias, podemos evitar?

Concordo, muito lentamente, impressionada pela sua lealdade. Uma lealdade de que eu não fui capaz, muito menos o meu pai. Uma lealdade para além da morte.

— Vantagens de ser médico do vilarejo — acrescenta, orgulhoso. — E não é para me vangloriar, filha, mas ser médico de um vilarejo que ficou sem pároco e sem Junta de Freguesia é como ser Deus. Os vizinhos, geralmente fofoqueiros e críticos, confiam na palavra do médico. Que assegura que alguém morreu de reumatismo no sangue! Pois é a sua mentira que vai à missa e não se fala mais nisso. Nem sequer os do quartel da Guarda-Civil fazem perguntas. Quanto ao juiz, que quer que eu diga: o juiz está muito longe.

Ganho coragem e insisto:

— Sim, mas... não seria conveniente fazer a necropsia para descartar qualquer possibilidade?

Engulo saliva. O silêncio envolve-nos, pesado, pegajoso. O senhor Gabriel avança ameaçador. O choro da estação havia se cristalizado, formando pequenas secreções no canto do olho.

— Com "qualquer possibilidade" não está se referindo a um suicídio, não é? — Como não respondo: — Não insulte a memória da sua mãe, era uma mulher religiosa.

Agora é a minha vez de falar alto.

— Religiosa? Não me faça rir. Então, a conhecia muito mal.

Ele dá outro passo, desafiador:

— Conhecê-la? Melhor do que você. — E dando um golpe derradeiro: — Pelo menos permaneci ao seu lado mais tempo.

Olhamo-nos como cães prontos a se devorar. Do outro lado das janelas, a luz da tarde vai-se escoando céu abaixo. Algumas sombras abandonam os recantos e rastejam já pelo chão. Um esvoaçar de pássaros chega-nos da rua. O seu chilrear parece que nos tira de um transe.

— Não sei o que me passou pela cabeça, senhor Gabriel — peço-lhe desculpas.

Refeito da sua zanga, mas ainda com um brilho rancoroso nos olhos, murmura:

— A mãe de que você fala é apenas uma memória, Ángela. Perdeu muita coisa. Não pretenda recuperá-las todas de uma vez. — E mais sereno. — Sua mãe sofria do coração. Não tenho de fazer a autópsia para saber do que morreu. Se é que não morreu de velha.

— Do coração? — As palavras não me saem; as palavras me custam, me fogem. — E como é que não me avisou? Como é que ela ou o senhor não me disseram nada?

A quem pretendo enganar? Se tivesse sido informada, teria vencido os meus medos e as minhas reservas? Teria vindo correndo para vê-la, "Olá, mamã, como está?", "Mãe, a senhora está bem?".

— Receitei-lhe comprimidos de nitroglicerina. Até a aconselhei que consultasse um cardiologista. — A voz do senhor Gabriel chega até mim longínqua.

Sinto-me fria, perturbada. Queria descansar. Queria estar só para refletir. Queria que o quarto deixasse de se sacudir.

— E a Tecla?

Pressupondo que uma parada cardíaca tivesse sido a causa da morte de minha mãe, qual é a causa de morte de Tecla? Como se explica a estranha e inquietante coincidência de que dois corações deixassem de bater ao mesmo tempo, mesmo que fosse com algumas horas de diferença?

Há casos assim, de casais muito idosos — não necessariamente — cujos membros não podem, não sabem, não querem viver um sem o outro. Velhos que se extinguem junto ao ataúde de suas mulheres, tal é o seu amor, a sua dependência, a sua necessidade delas. Velhas que se consomem de tristeza após a morte de seus maridos, tal é a sua dor, a sua tristeza, a sua nostalgia. Contudo, essas são coisas que se leem nos jornais. Coisas que acontecem aos outros, não a nós. Não aos nossos seres queridos. Não à mãe. Não a Tecla.

— Tecla? — O senhor Gabriel faz uma ligeira pausa. — Imagino que já estaria morta quando sua mãe, antes de ir para a cama, foi ao seu quarto. A sua irmã era a primeira a se deitar. Talvez sua mãe quisesse cobri-la, dar-lhe um beijo, como todas as noites, ou simplesmente verificar se já estava dormindo. Penso que o fato de encontrá-la sem vida terá sido forte demais e o seu coração não conseguiu resistir. — Desarmado: — Os comprimidos de nitroglicerina não são infalíveis.

— Mas... — gaguejo. — Ainda não me disse do que Tecla morreu. O que o senhor imagina que tenha causado a morte de Tecla.

Num tom afiado, cortante, seco:

— Se durante toda a vida Tecla foi um enigma, por que não deixar que continue a ser depois de morta?

Levanto as sobrancelhas.

— O que vamos ganhar com isso, Ángela? Diga, o que vamos ganhar remexendo no interior do corpo da menina? Averiguar o que jantou na última noite ou almoçou no último dia? Confirmar que não morreu de uma embolia, mas sim de um tumor? E o que ganharíamos em saber? Para que nos serviria essa informação? Para dormir mais descansados? Para tranquilizar as nossas consciências? Mas, minha filha, será que você consegue dormir bem? Admita: alguma vez conseguiu dormir bem? Desde que foi embora, teve alguma vez a consciência tranquila?

Nego com a cabeça. Ainda não me dei conta de que estou chorando.

— A decisão é sua, Ángela. É o familiar mais próximo e ainda há tempo: o enterro só acontecerá amanhã. Se quiser necropsias, a ordem é só sua. Uma só palavra, e eu obedeço sem contrariá-la, obedeço cegamente. Ainda que, se me permite um conselho, filha, enterre os seus mortos e vá embora. E, pelo amor de Deus, não provoque mais dor.

Conversas e preces terminam quando, na companhia do senhor Gabriel, atravesso o umbral da minha antiga casa. Como se um ar frio tivesse de repente entrado pelas frestas, os poucos vizinhos reunidos remexem-se incômodos. Percebo olhares de repreensão, um semicerrar de olhos para distinguir melhor quem chega, gestos com a cabeça para cumprimentar e gente que cochila. Após esta pequena distração, os presentes voltam a ensimesmar-se nas suas preces e nos seus cochichos.

Reconheço a dona Añita. Continua igual, talvez com uns quantos cabelos brancos mais, habilmente disfarçados pela tintura; talvez com uns quantos quilos a mais, comprimidos numa cinta, cujas costuras quase se desfazendo são notadas através do vestido.

Dona Añita. O diminutivo torna-se ridículo nesta mulher imensa, de busto exagerado, que ganhou o apelido de "a três peitos".

Ela se levanta e vem ao meu encontro. O normal seria que as suas carnes abrissem caminho com o peso de um barco baleeiro, mas não. Que estranha mulher.

— Que desgraça, minha filha, que desgraça — choraminga, enquanto me dá dois beijos. — Nem acredito ainda.

— Eu também não, dona Añita — concordo, num sussurro.

Enquanto fala, lembro-me de uma dona Añita muita mais nova que esta dona Añita, rainha absoluta da sua loja, onde vendia tabaco como também botões ou fitas para o cabelo; apoiada no balcão e respondendo com um tom afetado quando lhe pediam lápis: "Ai, filha, lápis não tenho, só tenho lapiseiras".

Sorrio perante a imagem de dona Añita, atendendo Dom Julián entre pestanejares de mulher fatal e reverências de beata, e eu sem esperar a minha vez: "Quero um selo, para minha mãe", e ela majestosa: "Acabaram, minha linda", mas piscando o olho, indicava com um gesto de mão para que não fosse embora, para que esperasse. E, depois de despachar o pároco, triunfante: "Ai, filha, claro que tenho selos, como é que não ia ter selos! O que acontece é que decidi dizer ao chato do padre que não há. Ele passa o dia escrevendo e escrevendo, que eu nem sei para quem enviará tanta carta. Embora tema o pior: o Papa já deve estar farto dele".

— Somos cada vez menos em Barranca. Isto parece um vilarejo fantasma, filha. Ele me lembra aquela telenovela, como se chamava, *Diez negritos?* Isto tem sido um ir e vir de funerais e enterros, filha — lamenta-se. — O senhor Atilo, Dom Julián, o senhor Mateo… e Pascoal, o vesgo, que Deus o tenha em sua glória, coisa que duvido.

Pascoal.

"Pobre Tecla. Se eu estivesse no seu lugar e me deixassem escolher, preferiria morrer. Você, não?"

Um calafrio percorre minhas vértebras.

"O melhor era que tivesse nascido morta, não era?"

— Como era irritante o vesgo! Tinha o dom de me deixar nervosa — continua dona Añita. — Sou sincera, sempre suspeitei que ele via perfeitamente com o olho de vidro.

Aproveita uma pausa para respirar.

— Maldito coração. Bem que a avisou, fará coisa de três ou quatro anos. — Embora não tenha feito uma pausa, agora não está falando do professor, nem do padre, nem do presidente da Junta de Freguesia, nem do lojista; agora está falando de minha mãe: — Entre o senhor Gabriel, Dom Julián e eu, fomos tomando conta de Tecla, mas sua mãe, dois dias depois de sofrer a angina de peito, já estava de um lado para o outro, desobedecendo ordens de ficar na cama. E ele que foi peremptório. O que esse homem lutou para que sua mãe se acostumasse aos comprimidos de nitroglicerina! "Ao mais pequeno sintoma coloque um debaixo da língua", insistia, "e se cinco minutos depois não passar a dor, toma outro; e se no terceiro a dor persistir, telefone-me imediatamente..." — Regressando de muito longe: — Mas, pobre Ángela, deve estar morta depois da viagem! — Ao dar-se conta de que "morta" é uma palavra proibida, esboça um ar de culpa. Para sair da incômoda situação, diz: — Preparamos tudo no seu quarto. — E como se a anfitriã fosse ela: — Entra, entra...

E aqui estou, diante de dois ataúdes. Sem saber qual deles é quem — estão fechados — não me atrevo a abri-los.

Os caixões ocupam o centro do quarto, que foi esvaziado. Entre um e outro consomem-se várias velas desnecessárias: a luz do candeeiro do teto basta. É talvez demais.

O relógio da avó interrompe com um número impossível de badaladas que parecem tosse – quinze, vinte – o rumor das ave-marias e dos pai-nossos, também o ruído da porta principal, enquanto prossegue o incessante desfile de vizinhos. O incessante desfile da morte.

Acaricio a superfície envernizada de um dos caixões. Será o que contém o corpo de Tecla? O de minha mãe? São idênticos, e só há uma maneira de averiguar.

Deveria levantar as tampas. Deveria rezar uma oração. Deveria ir buscar uma cadeira e preparar-me para passar a noite velando, cumprindo uma antiga promessa.

Uma noite de vigília... com a esperança de surpreender o quê? Uma mão crispada remexendo no peito? Os lábios contraídos numa expressão de dor? O pânico nos olhos, desmesuradamente abertos?

Como os de uma cega, os meus dedos percorrem um dos ataúdes devagar, palmo a palmo, sentindo a frialdade da madeira, tocando no crucifixo – maciço, de bronze? – que coroa a tampa, depois o bordo do caixão e a fechadura metálica, que mais que uma fechadura é uma decoração. Seria tão simples abri-la...! Detenho-me. Não posso fazê-lo. Não quero fazê-lo. Para quê? Para me confrontar com o rosto de minha mãe? Para observar o rosto de minha irmã? Para descobrir quanto suor tem a pele de um cadáver?

Sobressalto-me quando ouço bater à porta. Dona Añita assoma a cabeça:

– Filha, vou andando. Vou ver se descanso um pouco, que foi um dia muito agitado. Precisa de alguma coisa?

— Nada, obrigada. Tente descansar.

— E você, procure dormir um pouco também, pois ainda faltam muitas horas para o enterro.

Quando se prepara para ir embora tento esclarecer:

— Dona Añita...

Rápida:

— Sim, filha?

Um instante de hesitação e:

— Minha mãe costumava falar de mim?

— De você? — Recuperada da surpresa: — Obviamente! Não havia carta sua que não lesse para nós.

Sinto um aperto no estômago.

Presentes sim, enviei. De vez em quando. Para tranquilizar a minha consciência. Mas cartas? Nunca.

Tento com outras palavras:

— Quero dizer se minha mãe sentia rancor por não ter regressado a Barranca em todos estes anos.

A pausa dura mais do que eu gostaria.

— Não se atormente, filha: sua mãe compreendia que os seus alunos estavam em primeiro lugar e que você devia viver a sua vida. — Houve malícia? — Mas já está aposentada, não?

Sinto meu rosto ruborizar. Ela parece não ter percebido. Lembrando-se de que já estava de saída:

— Você, agora, não se torture. Pense que o Senhor foi misericordioso ao levar sua mãe e sua irmã ao mesmo tempo.

Ouve-se bater novamente à porta. É o senhor Gabriel.

— Ángela, os vizinhos querem entrar — anuncia. Ainda se nota que está tenso.

Suspiro, resignada. Estou pronta? Não, não estou.

— Sim, podem entrar. — E no tom mais gelado que sou capaz: — Senhor Gabriel, responda-me antes a uma pergunta: quantas cartas pensa o senhor que terei escrito à minha mãe e à minha irmã desde que fui embora?

Apanhada no fogo cruzado deste diálogo, dona Añita franze o cenho.

O médico fica imóvel, como se tivesse sido pego numa mentira.

— Cartas? Uma por mês, então, faça os cálculos.

Pela porta, que mantém entreaberta, ouve-se o tique-taque do relógio de minha avó a caminho da badalada número trinta ou quarenta.

Vieram todos. Bem, quase todos.

Veio o Manolo do café, menos alto e espigado que o Manolo dos meus quinze anos, a quem faltava tempo para passar um pano úmido pelo balcão logo que me via afastando a cortina da entrada. "Vai um copo, Angelita?", brincava e eu aceitava feliz. E ele, piscando-me o olho: "Sai uma limonada para a princesa moura!". E aquelas tolices me deixavam encantada.

Veio Asun, sua mulher, que continua a ajudá-lo na cozinha e no balcão com os sanduíches e os pratos do dia, mas sobretudo com os copos de vinho em que um vilarejo cada vez mais despovoado afoga as suas conversas, juramentos e partidas de dominó cujas fichas ressoam sobre a velha madeira das mesas entre pancadas de júbilo e praguejamentos. Asunción, uma sombra da Asunción que eu recordava: o seu rosto magro, o coque de cabelo branco, meio desfeito. Asunción cansada de uma vida que não foi o que esperava nem como ela esperava.

Veio Manu, o filho de Manolo e de Asun, um rapaz grandalhão de faces coradas que tem nos gestos a torpeza de quem se transforma em homem demasiado depressa. Boa pessoa, este Manu. De sobrancelhas coladas. Tranquilo.

Também veio Rosita, a farmacêutica, que do negócio pouco mais sabe que ouviu da boca de Paco, seu marido, ele sim farmacêutico, o farmacêutico de Barranca... até que a ruína do estabelecimento e a falta de dinheiro o obrigaram a fechar a sua velha botica, onde o pó que ia caindo das paredes que se desmoronavam se confundia com o das aspirinas. Não é estranho que até os vizinhos mais confiantes receassem do que realmente aviava. Paco, entre aquelas nuvens de gesso que velavam a sua figura e que Rosita afastava como quem afasta o fumo de um cigarro. Rosita resolvendo a consulta sobre qualquer doença com um: "Não faça caso do meu marido. Confie em mim: o que você tem cura com água de Cármen".

Com eles — com Manolo, com Asunción, com Manu, com Rosita, com Paco — veio Virtudes, que devia ter nascido solteirona e velha. Sempre envolvida pelo seu xale negro, talvez por um namorado que morrera antes da guerra, talvez por uma guerra que a impediu de ter namorado, embora queixar-se, é bem verdade, nunca se queixou, ela que, quando nascia uma criança em Barranca, ia parando os vizinhos na rua, muito orgulhosa: "Fui avó outra vez, fui avó outra vez!".

O Serafín também não faltou, o coveiro, cuja tragédia é ter enterrado os seus quatro filhos, nenhum dos quais viveu mais de vinte dias. Serafín, que não precisava ler as inscrições nas sepulturas para se orientar no cemitério e saber quem está enterrado e onde, porque se lembra dos mortos, antigos ou recentes, segundo a sua proximidade com as sepulturas minúsculas do seu Luismi, da sua Berta, do seu Pablo, da sua Azucena: nomes que na sua boca se enchem de terra e soam como soa a sua pá ao remover as pedras; e se assobia enquanto abre as valas é porque se consola pensando que os seus meninos terão brevemente um novo companheiro para brincar.

Vieram todos. Ou quase todos. E entre beijos, antes de se despedirem, disseram: "Lamentamos muito". E: "Não esperava uma coisa destas". E também: "Que grande vazio deixam sua mãe e sua irmã". Os menos originais decidiram-se pelas fórmulas formais: "Meus pêsames", "não somos nada", "ânimo, filha".

E o pior não foi o que disseram, o pior foi o que não disseram mas pensaram: o que estava eu fazendo ali, depois de tantos anos; se vim pelos despojos; quanto tempo vou demorar para pôr a casa à venda.

Nos seus olhos — nos olhos de todos: de Manolo, de Asunción, de Manu, de Rosita, de Paco, de Virtudes, de Serafín; até do senhor Gabriel e de dona Añita — uma palavra: "Culpada".

Sim, sou culpada, não nego. Culpada não porque eles pensem que eu seja culpada, mas sim porque eu me julguei e pronunciei a minha sentença. Culpada não por ter vindo receber uma herança que não sei se existe; não por ir atrás dos despojos que procuram os filhos pródigos quando regressam à casa do pai. Culpada por ter voltado as costas à minha família. Por ter fugido.

E eu, que se regressei foi por temor aos remorsos, revolvo esta noite a casa em busca de vestígios de um passado que desconheço.
"Sua mãe sofria do coração."
Um passado que só hoje comecei a vislumbrar.
"Não havia carta sua que ela não lesse para nós."
Um passado que me inventaram.
"Quantas cartas o senhor acha que escrevi para minha mãe e minha irmã desde que fui embora?"
Um passado que não é meu. Que nunca foi meu.
"Cartas? Uma por mês, então faça os cálculos."
Um passado que não me pertence.

"Querida Tecla:
Madri é uma cidade deslumbrante. Nada tem a ver com Barranca. Para que possa fazer uma ideia, aqui as pessoas não passeiam: vão aos lugares..."
Minha mãe escrevendo na solidão da noite. Para manter um engano, uma ilusão, uma esperança.
"Querida irmã:
Ontem andei de bonde elétrico. Pode imaginar? Eu, que só tinha viajado na camioneta do pai ou no trem que me trouxe, percorrendo Madri e as suas avenidas num pesado carro de ferro que parecia um automóvel e que anda sobre trilhos. O que eu me diverti...!"
Minha mãe disfarçando a letra bicuda. Tornando verdade uma mentira. Para que a mais nova das suas filhas de nada suspeitasse. Para que a mais nova das suas filhas se sentisse lembrada.
"Querida Tecla:

Desejo-lhe muitas felicidades no dia do seu aniversário. Quantos anos está fazendo? Oitenta? Noventa? Está tão velha. Quando for a Barranca, não estranharei nada se encontrar você enrugadinha como uma uva-passa..."

Minha mãe revelando o seu segredo ao bondoso senhor Gabriel — o seu lenço de lágrimas, o seu grande amigo, o seu confidente — e ao senhor Gabriel faltando-lhe tempo para colar os selos nos envelopes. Dando cobertura à mentira.

"Tecla, querida:

Quando penso em vocês, quando me dou conta de que já passou um ano sem que nos tenhamos voltado a ver, penso que a distância não é assim tão grande e inultrapassável; desde que se faça um pequeno esforço... Talvez brevemente; talvez antes do que você e mamãe julguem... Um dia qualquer ouvirá bater à porta e, quando for abrir, serei eu, e estaremos de novo juntas as três..."

Envelopes. Centenas de envelopes empilhados numa gaveta da cômoda do quarto da minha irmã. Centenas de cartas que, ao cair da tarde, minha mãe leria sem necessidade de lê-las, uma vez que as sabia de memória. E a Tecla a tirar outra da gaveta: "Agora esta, mamã, agora lê esta". E minha mãe pondo os óculos, começa:

"Querida Tecla..."

Tudo continua aqui: os óculos de costura de minha mãe, os seus trabalhos... e o frasco dos comprimidos para o coração: vinte ou trinta comprimidos diminutos parecidos com os de adoçante, não brancos, mas sim esverdeados, que esse tom e essa forma escolheu a morte para avisar a sua chegada.

A sua velha agenda de telefone, os seus livros, as suas revistas... e, pendurados nos armários, os seus vestidos: um — seguramente — com um lenço ainda no bolso, ou uma lista de compras em atraso, ou várias moedas soltas.

Sinais de que o passado não desaparece. Porque ainda que pensemos que sim, embora tenhamos a ideia de que podemos esquecer tudo ou enganar a memória, ainda que confiemos que deixamos tudo completamente para trás, o passado nos espera na volta da esquina, disposto a ajustar contas conosco.

Ou talvez não seja na volta da esquina; talvez nos aguarde em qualquer canto da memória, esse longo e escuro corredor que temos de percorrer à escassa luz das recordações, apalpando à procura da maçaneta da porta mais próxima. Para abri-la; para dar uma vista de olhos; para reconhecer o que há lá dentro. E lá dentro está o pai inclinado sobre o berço de Tecla, pensando no seu futuro: uma existência de desvelos e cuidados extremos para a mais nova das suas filhas — hoje recém-nascida —, uma vida — a dele com minha mãe — de censuras, de contínuos "a culpa é sua", "não: sua", enquanto o rancor avança e ganha posições — a mesa do café da manhã, a salinha — cada palmo um triunfo, uma conquista — o quarto, a cama de casal — o ódio consolidando-se, levantando barreiras e valas, minha mãe e ele instalados no desprezo, no mais cruel dos silêncios e um eco de suspiros envolvendo tudo.

A porta seguinte comunica com o consultório do especialista que, por recomendação do doutor Gabriel, examinou a Tecla quando ainda era bebê. Minha mãe demora em sair, enredada numa lenga-lenga de dúvidas e angústias: "E se a menina não ouve, doutor? E se a menina não vê?". A voz da mãe, insistente: "E se a menina é cega, doutor? E se é surda?". A voz de minha mãe um murmúrio: "Doutor, a menina não me procura o peito; e também não quer a mamadeira". E as palavras do médico, brutais: "Permite-me um conselho? Esqueça-se da menina. Encerre-a. Interne-a…". E o ruído de uma cadeira sendo arrastada caindo no chão. E minha mãe esbravejando: "Como se atreve! E o senhor diz que é médico…?".

Resta uma última porta, trancada na minha memória com fechaduras, ferrolhos e correntes, porque o passado, digam o que disserem, morde e arranha. A essa porta — a de cima — chega-se por uma apertada escada cujo vazio amplia e deforma os gritos de Tecla: "E a minha boneca? Onde está a minha boneca? Eu quero a minha boneca …".

... E minha mãe e eu revolvendo a casa à procura da boneca de pano, e Tecla, triste: "E minha boneca? Eu quero a minha boneca?", e minha mãe: "Mas, filha, veja se consegue se lembrar onde a deixou", e eu: "Não levou lá para cima, Tecla? Não é muito boa ideia colocá-la nas escadas", e Tecla surda aos nossos comentários: "E a minha boneca? Onde está a minha boneca? Eu quero a minha boneca", porque a minha irmã tinha dias assim, de mau humor, que graças a Deus não eram muitos, mas eram os que eram: dias em que andava atrás da mãe como uma sombra ou uma alma penada, quantos passos dava a mãe, tantos passos dava a minha irmã, e minha mãe: "Vá, minha querida, vá brincar no quintal que eu tenho de fazer as camas", "... está na hora de dar comida às galinhas", "... que tenho de ir lavar o chão", e a Tecla como se tivesse colada à mãe: "Eu te ajudo, eu te ajudo", ou desordenando os meus deveres: "Vamos brincar de esconde-esconde?", "de cabra-cega?", e eu: "Já, já, Tecla; logo que acabar de estudar, porque amanhã o senhor Atilo vai me chamar com certeza à lousa", e Tecla: "Quando é já, já?", e eu: "Depois, Tecla, depois;

dentro de instantes", e ela: "Depois, não: agora". Claro que havia dias piores, os das birras e dos choros. Dias em que me lembrava de uma história de Jerome Bixbi que li numa daquelas antologias que chegavam a Barranca de vez em quando. Se chamava *Que vida tão boa!*, ou penso que se chamava assim; uma história cujos protagonistas consumiam a sua rotina limpando ervilhas em uma panela – lolop, lolop, lolop – e repetindo essa frase insubstancial, "Que vida tão boa!", ou uma outra do estilo: "Dois e dois são quatro, e quatro, são oito". Só assim conseguiam esconder os pensamentos mais íntimos; só assim impediam que os medos aflorassem e que o menino com poderes mentais que dominava as suas vidas tomasse uma decisão. "No dia seguinte nevaria e perder-se-ia metade das colheitas... mas seria um *bom* dia", era a frase final da história. Como um daqueles personagens submetidos ao capricho de um menino malcriado, assim eu me sentia: amarrada. Sobretudo em momentos como aquele, em que tudo para Tecla era motivo de birras e exigências: "E a minha boneca? Quero a minha boneca?", e minha mãe: "Mas, filha, veja se se lembra, você deve saber onde a colocou", e eu, menos paciente que minha mãe: "Não a levou lá para cima, Tecla? Não é boa ideia colocá-la na escada", e o olhar de Tecla fugindo dos seus olhos e desviando-se para ali precisamente: para o vão das escadas, e eu seguindo aquele olhar com uma mescla de apreensão e de suspeita: "Deixou a boneca no vão da escada?", a minha pergunta, mais que uma pergunta, uma exclamação de incredulidade, porque me parecia impossível que a Tecla tivesse sido capaz de ir até lá sem ajuda, sem cair, sem partir a cabeça. E Tecla repetindo: "Eu quero a minha boneca", e eu de braços cruzados: "Não soube ir lá sozinha? Então, vá buscá-la", e Tecla elevando a voz, quase esganiçando-se: "E a minha boneeeeeeeca...?", mas o seu dedo apontado para as escadas para indicar que sabia perfeitamente onde estava a sua boneca de pano, os seus olhos acusando-me de egoísta, de irmã ruim, de não ter coração ou de ter um de pedra, e minha mãe, da cozinha, entre pratos e panelas, pronunciando uma palavra, uma única palavra: "Ángela...", o meu nome como uma súplica que servia para me fazer lembrar tudo: o que se esperava de mim, a minha parte das obrigações. E eu resmungando: "Já vou", e Tecla dizendo: "Vamos juntas", e eu: "Nem pensar", e o rosto de Tecla entristecendo e eu cedendo. O primeiro degrau. E o segundo degrau. E o terceiro degrau. E a lâmpada do teto iluminando os nossos passos, os degraus de madeira rangendo sob os nossos pés, as duas dirigindo-nos lá para cima, à procura da sua boneca, eu um pouco adiantada talvez, ela agarrando-se ao velho corrimão, dizendo "A boneca está de castigo" e outro degrau que range, e o antepenúltimo degrau, e o penúltimo degrau, e o último degrau, e o fim das escadas, e a porta do sótão em frente de nós, fechada, e os meus dedos que procuram no bolso do avental, e a chave que não está, e eu que penso: "Que droga, esqueci de trazer a chave". E agora? Agora quê? "Espere, já venho", digo. "Vou com você", insiste Tecla. "Nem pense", digo, dando a volta e afastando-a bruscamente; com excessiva rispidez; com toda a rispidez que tenho dentro de mim. Embora não seja ela que estou empurrando para o lado: é o meu destino. Mas é Tecla que sofre o empurrão; é Tecla que se desequilibra; é Tecla que sacode os braços

como no berço, exatamente como no berço

procurando onde se agarrar enquanto se desequilibra para trás, de olhos esbugalhados, com a boca aberta, num esgar de surpresa ou num grito de terror que não chega a sair de sua garganta. As minhas mãos vão ao seu encontro e, no entanto, detenho-as no último momento a centímetros, a milímetros do bosque de margaridas do tecido do seu vestido, porque eu, que não acredito em adivinhações nem em presságios, que nunca acreditei em bolas de cristal nem em leitura de cartas, acabo de ver a minha vida como será quando minha mãe faltar: uma vida à medida da minha irmã, dos seus caprichos, das suas necessidades; uma vida de entrega e sacrifício, de desvelos e sobressaltos, de preocupações e insônias,

você aprendendo a dizer "abua" em vez de "água", "amã" em vez de "mamã", "Aelita" em vez de "Angelita"; dizendo pouco mais com a sua voz trapalhona: "papá" não; "papá" nunca

você, nua e suja atravessada na cama — o seu corpo já não é o de um bebê, o seu corpo já não é o de uma menina — desculpando-se com a sua meia linguagem: "Tecla boa, Tecla boa".

Você, fascinada pelas tomadas e eu cobrindo-as com panos: "Não se aproxime, Tecla: dão choque"

você, a maioria das vezes, sentada no cadeirão de sempre, com a cabeça de lado na mesma posição de sempre, e um fio de baba entre os lábios, como sempre você, olhando tudo sem ver, no seu rosto uma expressão permanente de assombro, nos olhos — dentro dos olhos — nada, o seu corpo tão abandonado que alguém que não a conhecesse se apressaria a verificar se respirava, aproximando um espelho da boca ou colocando a mão no peito em busca do pulsar do seu coração

enquanto eu

a minha cara a cara do pai

eu

a minha vida a vida da mãe

eu entrincheirada atrás de um muro de censuras que todos começam: "sem você eu teria...", "por sua culpa eu..."

apesar de que

como a mãe, igual à mãe

não tive

a coragem?

o sangue frio

de interná-la, de me livrar de você, de viver uma vida mais feliz ou mais cômoda

ainda que provavelmente não se trate de uma questão de coragem ou de sangue-frio, provavelmente não pude ou não soube

e aqui estamos as duas, tantos Natais depois, separadas por um prato de torrão e um frango no forno que se come pensando que é peru, peru recheado como o que nos preparava a mãe em cada noite de Natal e você adorava. "Vamos, coma o peru", disse, para ir ao encontro dos seus desejos, e você conformada, e você feliz, e você num mundo distante, incompreensível, banhada pelo brilho da televisão, que aumenta a sombra das suas rugas

e isto que me sobe pelas pernas e se enrosca na lama é a amargura

e isto que abre caminho no meu cérebro e o perfura é a certeza de *que a solidão não é não ter ninguém a nosso lado, mas sim odiar quem temos a nosso lado*

e "não", penso. "Não", digo ao meu destino. "Basta!"

Paro as minhas mãos a centímetros, a milímetros do bosque de margaridas do tecido do seu vestido, consciente de que não é este o futuro que quero, nem o que mereço, nem o que teria escolhido se tivesse podido escolher. Ou ainda posso escolher...? Detenho as mãos, e ao fazê-lo sei que estou roubando de minha irmã a única possibilidade de não se precipitar escadas abaixo; a única possibilidade de não fraturar o pescoço; a única possibilidade de continuar a viver. O coração sobressalta-me

lolop, lolop, lolop

e penso: "Vai se matar". Penso: "E se depois deste acidente já não consigo agarrá-la?". Penso: "Que paz; que paz se tudo terminasse aqui". Horrorizada pela frieza e dureza do meu coração, vejo que as minhas mãos se encolhem, negando a esse corpo qualquer possibilidade de se agarrar que tropeça de novo em direção à beira das escadas, nesse momento, ao abismo e me pergunto: "Acabará tudo nestas escadas?". E: "Será o fim?". E: "Será assim o fim?". As costas da minha irmã se chocam com o corrimão, que treme, que range, que cede, e eu penso: "Além do corrimão não há nada: apenas o vazio; apenas uma pancada na nuca; apenas o esquecimento. Mas a minha vida terá mudado e o meu futuro será outro".

"Ángela? Ángela, filha, está tudo bem?" O grito vem lá de baixo, da cozinha. As minhas mãos saem disparadas e agarro Tecla por onde posso: pelas axilas, pelos braços, pelos cotovelos, pela cintura, pelas margaridas, que se descosturam e se espalham e saem voando, as costuras do bosque do tecido que cedem como antes cedera o corrimão, e antes a minha consciência, e antes ainda os meus nervos; e, nessa noite, quando minha mãe estiver dormindo, deverei remendar o vestidinho da minha irmã à luz fraca de uma lâmpada sem proteção, porque assim estão todas as lâmpadas da minha casa: lâmpadas que escondem como se brincassem, enquanto dou banho em Tecla, e as marcas e as nódoas escuras que deixam as minhas unhas onde as minhas mãos agora se cravam nesse corpo tenro e desconjuntado, nesse corpo vencido como se já tivesse rolado pela escada abaixo e eu estivesse apanhando-o do chão, entre ramos e folhas e pétalas de margaridas, ficando contente, secretamente, de ter mudado o meu destino, o meu futuro, a minha vida. "Ángela…?", repete minha mãe. Mais do que segurar Tecla, aperto-a junto a mim. As nossas respirações misturam-se, os nossos olhares encontram-se. Engulo saliva. Perde um sapato que cai degrau a degrau

lolop, lolop, lolop

e eu ofegante. Respondo à minha mãe: "Foi a Tecla que perdeu um sapato…". Os minutos passam velozes, intermináveis, nós duas no último degrau da escada, à beira, no fio do abismo: imóveis. Da cozinha não chega nenhuma nova pergunta, só o barulho de pratos e panelas. "Está tudo bem, já peguei você", tranquilizo Tecla, ainda que na realidade é a mim mesma que me tranquilizo; à minha consciência; à minha má consciência. Que me pergunta: "E da próxima vez? A Tecla terá tanta sorte da próxima vez?".

Depois daquilo fugi. Depois daquilo não quis voltar a Barranca, ou as vezes que quis não me atrevi. Como é que ia regressar? Eu, guardiã da minha irmã, convertendo-me em Caim, de mão erguida a ponto de lhe infligir o golpe de um osso afiado. O golpe mortal.

Ainda que nem sequer fosse necessário um golpe. Teria bastado fingir não ter ouvido o grito de minha mãe que vinha da cozinha. Teria bastado deixar que a Tecla rolasse pelas escadas até a morte. Para o abismo. Para o esquecimento.

Eu, Caim. Eu, senhora Danvers.

"Olhe lá para baixo: vê como é fácil? Por que não salta? Não iria doer. Partiria o pescoço, o que provoca uma morte rápida e boa. Não como a dos que se afogam. Por que não experimenta....?"

A minha fuga não aconteceu imediatamente. Tiveram de passar alguns anos. Anos em que fui mais consciente do que nunca da presença da minha irmã. Do seu corpo nu e sujo atravessado na cama. Da forma como costumava ficar esquecida no cadeirão de sempre, a cabeça de lado na mesma posição de sempre, e um fio de baba entre os lábios, como sempre; no seu rosto, uma expressão permanente de assombro, nos olhos — dentro dos olhos — nada. A sua morte só desmentida por esse tique-taque que lhe martelava o peito, tenaz, incansável; esse tique--taque que nunca mais pararia. A não ser que na próxima vez a sorte abandonasse Tecla.

Anos intermináveis de dúvidas, de perguntas. Fazia as coisas por amor ou por obrigação? Gostava de Tecla ou suportava-a simplesmente? Amava realmente a minha irmã ou Tecla era como os móveis da casa ou o ar que me atravessa os pulmões: algo a que me habituei rapidamente?

Senti-me, então, tão próxima de meu pai. Percebi o que ele terá vislumbrado antes de ir embora: o futuro avançando, tomando posições, apertando o seu cerco. Porque era pressuposto que seria eu que, com a morte de minha mãe, deveria cuidar e proteger Tecla. Eu, que quando surpreendo o meu reflexo encolhido nos cantos dos espelhos, não sei quem me devolve o olhar: a mulher em que me transformei ou aquela que estava condenada a não sair do vilarejo? Aquela a quem a vida reservara uma existência insignificante ao lado da mãe, ao lado da irmã e, com o tempo, ao lado de um vizinho de Barranca, um homem amoroso e bom que lhe daria filhos.

Se não me tivesse rebelado contra o que se esperava de mim, a mulher que não sou também teria envelhecido, mas não como envelheci — longe, só, atormentada pelos remorsos — mas sim ao lado dos seus. Querida.

Mas eu não sou eu. Eu sou quem deveria ter sido. Eu sou a mulher que estava destinada a ser. A minha vida não era esta. A vida que me estava predestinada não era esta. Sublevei-me contra a vida que me esperava, e esta que vivo é a vida que escolhi. Contudo, que a escolhesse não significa que tenha acabado por gostar de mim. Agora, compreendo que a vida que escolhi também não me faz feliz. E quando me olho diretamente no espelho me pergunto: o que resta da menina que fui? Era isto – esta vida, esta existência minúscula, este presente irrespirável – o que procurava? Cumpriram-se os sonhos da jovem que numa certa tarde pediu ao senhor Gabriel: "Ajude-me, tenho de ir embora daqui!".

"Tenho de ir embora daqui."
Cinco palavras que ficam flutuando entre nós, que erguem muralhas, que fazem parar os pés.

Tecla está dormindo no quarto ao lado. O doutor Gabriel acaba de lhe dar a sua dose mensal de – digamos – vitaminas.

— Não aguento mais – insisto, procurando não atrair a atenção de minha mãe. — Preciso ir embora. — Assim. Sem explicações. Sem desculpas.

O senhor Gabriel coloca sobre a mesa a bandeja com a seringa usada, esfrega os olhos, me olha; e é como se pensasse: "Está tão grande, meu Deus". Como se pensasse: "Como cresceu, de repente". E por fim:

— Já falou com sua mãe?

— Sim – respondo, talvez demasiado rápido.

Ele assente, cansado. Sabe que estou mentindo. Caso contrário, por que estou falando baixinho? Caso contrário, por que aproveitei um descuido de minha mãe para ficar a sós com ele?

Claro que o senhor Gabriel sabe que estou mentindo. Também sabe a dor que estou quase provocando; a dor que ele mesmo sabe que está prestes a provocar: logo que me dê o nome e umas coordenadas no canto do primeiro papel que tire da sua maleta e me entregue, desejando-me sorte; logo que eu dê meia-volta sem dizer nada, nem:

— Adeus.

Nem:

— Obrigada.

Nas minhas costas só isto:

— Boa sorte.

Atrás de uma porta que já se fechou.

Na vida da mulher que decidi ser houve um ou outro homem; também não foram muitos. Mas daí a dizer que houve amor…

Mais do que amor, houve desamor: laje que no dia menos esperado nos esmaga e nos asfixia e cujo peso faz com que acabemos por descobrir a verdade: que tudo foi um equívoco, um mal-entendido, uma miragem. Uma miragem, a ilusão com que se vai ao encontro dela, e ela costuma ser um colega de trabalho, um professor de passagem pela escola, um substituto que dentro de três, quatro, cinco meses, baixará os olhos envergonhado ao cruzar conosco nos corredores da escola, e dentro de seis, sete, oito meses, tossirá violentamente, murmurará um adeus apressado e empreenderá a viagem de regresso aos seus: à sua mulher, aos seus filhos, à sua vida real, em que fomos apenas um parêntese de felicidade, mas não a felicidade. Uma miragem, essa xícara de café e aquele passeio onde tudo começa, e aquela conversa longa e pausada que nos aproxima dele e onde trocam gostos, afinidades, leituras comuns. Uma miragem, aquela tarde no cinema, de mãos dadas, a minha cabeça no seu ombro. Uma miragem, o cálice de licor que, depois do filme, nos ajuda a ficar mais íntimos; e essa carícia lenta com que, ao nos despedirmos à porta da rua, a ponta dos seus dedos nos incendeia as faces; e aquela palavra que dizemos que não é uma palavra, mas sim um convite; e o fogo dos seus beijos; e aqueles lençóis desfeitos que cheiram a ele quando ele já saiu e no ar ficam flutuando tantas promessas de amor. Uma miragem que começa a se desvanecer com os seus primeiros silêncios ou as suas primeiras desculpas, ou a primeira vez que não aparece ao encontro e nós, temendo que tenha acontecido alguma coisa de ruim, nos consumimos inventando desculpas – um simples esquecimento, coitado: tem tantas coisas na cabeça... ainda que provavelmente não tenha se esquecido: provavelmente se encontrou com um amigo, e claro: umas cervejas, uns copos de vinho... – e o telefone que não toca e a campainha da porta silenciosa e o nosso olhar fixo nas paredes, percebendo que a casa precisa rapidamente de uma pintura; e as horas estendendo-se no relógio, e as sombras crescendo à nossa volta, e ele sem vir. E no dia seguinte, como se não nos conhecesse; e no outro; e no outro. E o coração vai parando. E fazemos o balanço. E descobrimos que demos a vida e a alma a troco de nada. E tudo nos custa mais porque tudo se transforma numa obrigação. E começam as exigências, as censuras, as faturas: os "você disse", os "você prometeu". E é o desamor que chega impondo-se e se instala à sua vontade. E não é que eles – os homens cujos nomes procuro não recordar e, por isso, tenho-os sempre na ponta da língua – fossem culpados, talvez sim ou talvez não: é que talvez eu seja muito absorvente, ou muito possessiva, ou muito egoísta, ou só sirva para passar umas horas agradáveis, mas não durante muito tempo, a minha vida. Esta vida à minha medida, esta vida em que não cabe mais ninguém senão eu, esta vida vazia que escolhi conscientemente, acreditando que era melhor que aquela que deixara para trás. Assim, recomponho-me, endireito as costas e finjo ser forte. Mas ainda que me recomponha, ainda que endireite as costas, ainda que finja ser forte, por que custa tanto seguir em frente?

Chove torrencialmente; com fúria; como se tivesse de chover o que não vai chover amanhã. E o dia que amanheceu esplêndido.

As primeiras gotas obrigaram as pessoas a procurar refúgio sob a fila de ciprestes mais próxima. "São apenas umas gotas!", exclamei, e o meu espanto foi maior ao ver que Serafín, o coveiro, largava a pá e juntava-se de um salto à debandada geral. Por respeito à cerimônia preferi aguentar a chuva. Mas não era uma simples chuva passageira: enquanto dona Añita, já abrigada, me fazia sinais para que me apressasse, um trovão abria as comportas do céu e, ao chegar junto dela, até as pedras choravam.

— É um dilúvio, filha — anunciou.

É verdade: chove como se o mundo fosse acabar. Que é como chove nos lugares onde não costuma chover.

Perto de nós, Manolo e Asun partilham um cigarro meio desfeito. Mais à frente, Rosita e Paco ficam tão brancos à luz fantasmagórica de um relâmpago que me pergunto se o que lhes cai pela face não será, misturado com água, o gesso solto das paredes da sua antiga botica.

Pendurada no braço do senhor Gabriel, a velha Virtudes murmura ave-marias, pai-nossos e credos. Afastado de todos, um jovem padre sacode sua batina, para ver se seca mais depressa.

— O substituto de Dom Julián — diz dona Añita. — É um grande arrogante. Não sabe da missa a metade, mas vem uma vez por semana soltar umas palavras em latim e absolver-nos de nossos pecados. Foi uma pena Dom Julián. Lembra das coletas que organizava para as crianças do Hospício de Santa Teresa? Pois morreu ali, em Madri. Quem poderia imaginar. De repente, a diocese, ou a arquidiocese, ou seja lá o que for, que eu dessas coisas não entendo nada nem quero entender, decidiu que o pobre homem estava muito velho e optou por recolhê-lo; e, claro, longe da Barranca da sua alma, Dom Julián foi-se apagando. Seguiu-se a ele o senhor Mateo, o presidente da Junta, e o Pascoal, o vesgo, que encontramos numa manhã estatelado atrás do balcão da loja que tinha. Mas isso já lhe contei... ou não? Ai, filha, é uma tristeza uma pessoa tornar-se velha. — Retomando o fio: — E um pouco depois, ou muito depois, as coisas misturam-se todas na cabeça, cerraram a porta da escola. Em resumo, se não havia crianças e o senhor Atilo criava malvas, para que iam manter a escola aberta. — Triste: — Eu própria me vi obrigada a fechar minha tabacaria.

Os teus não te esquecem. Lágrimas de chuva sulcam a inscrição das lápides. Como não deu tempo de tapá-las, a água acumula-se dentro das valas e cobre os ataúdes. Só os crucifixos ficam de fora.

— Triste fim — sentencia dona Añita. — Espero que não seja um presságio. Embora não seja preciso ser bruxo para saber que o vilarejo está morrendo, Ángela. — Com ironia: — Para mim, o único lugar habitado de Barranca é o cemitério... Fazemos parte dessa Espanha de moringa de azeite e luto antigo da qual não me estranha que os jovens fujam. Ou será que você viu muitos jovens pela rua? — Categórica: — Tirando o filho de Manolo e de Asun, mais nenhum, não é? Mas o filho de Manolo e de Asun não conta: alguém tem de estar à frente do café para atender os fregueses. Senão, aonde iriam afogar as suas tristezas? — Sem esperar resposta: — Os jovens não aguentam, Ángela. Pegam as suas coisas e desaparecem. E ainda bem que o fazem, porque o futuro não está aqui. Não é que eu saiba onde está o futuro, mas sei obviamente onde não está: em Barranca, entre estes campos agrícolas poeirentos onde as colheitas se perdem porque não chove ou porque, em dias como hoje, cai um rigoroso dilúvio. — Deus já havia dito: "Com o suor da tua fronte comerás o pão". O que o grande espertalhão não disse é que por vezes o suor da testa é de pouca serventia. E tudo por uma maçã que o mais certo é que estivesse podre...!

Espirra. Do seu decote tira um lenço. Depois de limpar o nariz, me oferece perguntando se quero me secar. Aceito, que remédio.

— ... Assim, quem não partir acaba enchendo o cemitério — continua. — Como a sua mãe e a sua irmã, a quem o Senhor, na sua misericórdia, as levou juntas... Dentro de pouco será a nossa vez. Um nojo, filha, um nojo.

Devolvo-lhe o lenço.

— Vamos, vamos, dona Añita, não fique assim, que a senhora ainda tem muita vida pela frente. Com o aspecto tão bem conservado que tem!

Ofendida:

— Sim, mulher, vai me dizer que eu aos vinte anos tinha esta papada, e esta barriga! Não brinque comigo! — Antes de guardar o lenço, assoa o nariz outra vez. — Enfim, filha, vamos mudar de assunto: Vai partir logo?

— Esta tarde — respondo.

Acabo de decidir agora mesmo, enquanto a terra amontoada de ambos os lados da vala se desmorona sobre os caixões, poupando trabalho ao Serafín.

Dona Añita não consegue reprimir o comentário:

— Esta tarde? Que pressa, filha? Nem que houvesse um incêndio.

Sem tirar o olhar das sepulturas, da pá caída no chão, das lajes de mármore:

— Tem algum motivo para que eu não vá embora?

— Não sei — hesita. — Terá de se desfazer da casa. A propósito, vai colocá-la à venda, não?

Na defensiva:

— Quer comprá-la?

— Filha, não, não se zangue comigo. Era só uma pergunta.

A escuridão nos envolve. Também a chuva. Será difícil calcular que quantidade de água é maior: a que cai do céu ou a que esculpe a terra alagada.

— Padre, faça qualquer coisa.

Um coro de risos assinala a ideia de Virtudes. Incômodado, o padre estende uma mão, como se esse gesto bastasse para deter o dilúvio.

— Ai, Virtudes, Virtudes, você será a próxima — murmura a mulher da tabacaria.

— Dona Añita! — repreendo-a com voz baixa.

— Está escandalizada? — Encolhendo os ombros: — Olhe para ela, Ángela; olhe bem para ela. A Virtudes está morta, o pior é que ainda não se apercebeu disso. Estas coisas são sempre intuídas pelos outros: nós somos os últimos a saber.

Cortante:

— Sim, sim. Então, previu o que iria acontecer com minha mãe e minha irmã.

Benze-se.

— Não, filha, não. Isso só Deus é que sabe.

— Deus? — Reprimo uma gargalhada. — Quer dizer Deus e vocês. Porque aqui todos estavam informados da doença da minha mãe; todos, menos eu.

Num tom de desculpa:

— Mas você não conhecia a sua mãe? Deu a mesma importância à angina de peito que a um catarro. — Muda o tom de voz: — "Foi só um pequeno susto. Um alarme falso. Para que incomodar a Ángela? Ela já tem bastante trabalho".

— Obviamente que vocês deviam ter dito alguma coisa — replico. — Minha mãe quase morrendo e ninguém se lembrou de me avisar. Ninguém.

Os olhos de dona Añita diminuem e brilham na escuridão. E sei que o que vem a seguir vai ser dolorido. Vai doer muito. E penso: "Foi você quem pediu...".

— Perdoe-nos se a ofendemos, Ángela. Perdoe-nos por ocuparmos nos corações de sua mãe e de Tecla o lugar que pela sua própria vontade você abandonou.

Respiro fundo.

Dor? Isto que sinto não é dor. Isto que sinto é uma navalhada na barriga. Um corte profundo que me obriga a recuar uns passos. Para lamber as minhas feridas onde dona Añita não me veja.

— Claro que deveríamos ter avisado você — concorda a mulher. O seu tom indica que não acabou comigo. Que ainda falta o pior. — Então, responda-me: no caso de termos telefonado para você, no caso de um de nós ter marcado o número do telefone de sua casa... — não consegue conter a raiva: — teria vindo?

Um corte limpo. No ventre, não: na jugular.

Se não fosse pelo pingar constante da chuva e pelo latejar do sangue nas minhas veias, o silêncio seria muito longo. E quando falo sou eu a primeira que me surpreendo. Porque não é de propósito:

— Gosta de segredos, dona Añita? — Não responde. — O que mais lamento é não ter tido filhos. Veja bem que coisa: filhos. Filhos que teria protegido. Que teriam feito de mim uma pessoa melhor, menos egoísta. Que teriam dado sentido à minha vida. — Embalada. — Mas filhos saudáveis, dona Añita. Saudáveis, me compreende? Sem más formações. Sem doenças congênitas. Sem lesões cerebrais. — Armando-me de coragem: — Filhos perfeitos, dona Añita, não qualquer filho. Não uma esmola de filhos. Não como Tecla. Não, como Tecla não...

"Filhos que nunca conheceriam o passado que tento deixar para trás", quase acrescento.

Filhos como Maria, a menina do trem. Até como Martinez, ou Morillo, ou Navales.

— Pelo que tive a maior das precauções. Eu, que o que mais desejava neste mundo era ter filhos! — Dou uma risada. — E uma vez, uma só vez que fiquei grávida, imagina que decisão tomei, dona Añita? Não adivinha? — Permanece muda. — Apesar das análises que confirmavam uma gravidez normal. Apesar das boas palavras do ginecologista... "Deixe de apreensões, mulher — repetia —, a doença da sua irmã não é hereditária..." — Suspirando: — Porque o pânico tomou conta de mim, dona Añita. O pânico, está compreendendo? E as dúvidas. E a incerteza... Ou será que há garantias? Diga-me a senhora, haverá? — Após uma pausa: — O ginecologista não me ajudou, claro: não podia. Contudo, uma mulher sabe.

"Uma mulher sabe." É necessário explicar mais?

Volto-me, esperando a reação dela; seu riso de despeito; o brilho aguçado dos seus olhos. Mas dona Añita desapareceu. E alguém, próximo, anuncia:

— O sol está aparecendo.

Silêncio e nuvens. Silêncio e charcos. Silêncio que nem o senhor Gabriel nem eu nos atrevemos a quebrar: é a nossa última despedida, e ambos sabemos disso. Quando dentro de momentos dissermos adeus, será para sempre.

O médico sobe a gola do casaco, muda a minha mala de lugar, esquadrinha o horizonte, consulta o relógio, e em cada gesto investe um tempo exagerado.

— O trem está atrasado — resmunga. — Provavelmente os trilhos estão inundados.

— Valha-me Deus! — Fico alarmada. Só de pensar que teria de passar outra noite em Barranca, rodeada de memórias...

Minha mãe nesta mesma estação. Preocupada. Insistindo:

— Escreva, filha.

E eu:

— Claro.

E minha irmã:

— Deus, deus.

A mão de Tecla agitando-se no ar. A sua pele branca, pálida, transparente: a sua pele um rio remexido de veias; a sua figura encurvada, o seu corpo envelhecido antes do tempo.

Tecla pequenina, enrugada. Talvez despedindo-se com a sua língua de trapos: "Deus, deus". Talvez rezando: "Deus, deus".

E eu, depois de minha mãe ter repetido:

— Escreva, filha.

Depois de me ouvir dizer:

— Claro.

Acrescentando uma mentira mais às minhas mentiras:

— Até breve.

Há quanto tempo foi tudo isso?

Silêncio; e nuvens; e charcos. Porque a única coisa que resta da tormenta desta manhã são algumas nuvens cinzentas que se refletem nos charcos. E silêncio. A que põe fim a uma nova mentira:

— Despeça-se por mim, se não se importar, de dona Añita. Com a pressa, não tive oportunidade.

O senhor Gabriel assente, com os olhos virados para o horizonte, de onde demora em desviar a vista. Se é que não a tinha posta no passado.

Ao longe, o trem avisa da sua chegada com um acesso de tosse.

"Já não há mais tempo", lamento. "Dentro de pouco tempo desaparecerei. Dentro de pouco esta viagem terá sido um sonho. Um sonho ruim". Ganho coragem e:

— Senhor Gabriel, preciso que me diga verdade. Preciso saber o que minha mãe pensava de mim quando, a sós com o senhor, tirava a máscara.

Perplexo:

— Saber? Para que, Ángela? Pensamos que queremos saber a verdade, que precisamos saber a verdade, mas não há nada pior do que a verdade. Nada faz mais mal.

— Minha mãe me odiava tanto assim?

— Filha, a sua era a segunda deserção que ela sofria. Se conservou a sua memória foi por respeito à sua irmã, que passava o dia perguntando por você. — Sincero: — A ideia das cartas foi minha. Não tive muita dificuldade em convencer a sua mãe. Para Tecla, aquelas cartas eram a vida. A propósito, você as leu?

O trem vai parando entre estertores e arquejos. As nuvens do chão vibram nos charcos que, dentro de pouco tempo — quando eu já não estiver aqui, quando tudo mostrar que nunca estive aqui — o sol terá secado.

— Será melhor que entre e procure o seu lugar — aconselha o senhor Gabriel. Tem pressa em se livrar de mim. Não o censuro.

A um gesto seu o inspetor sobe a minha bagagem. Trocam cumprimentos. E eu me questiono como nos despediremos. Com um beijo na face? Com um abraço? Com um aperto de mãos?

Ao me ver hesitar:

— O que acha se nos despedirmos sem promessas?

Como dois estranhos que aguardam incômodos a saída de um trem.

Mas a desconhecida que sou ainda consegue dizer:

— Obrigada, senhor Gabriel. Por ter tomado conta de minha mãe e de Tecla. Por tantas coisas...

"… que não caberiam numa carta", deveria acrescentar. "Por ter sido o marido que a minha mãe perdeu e o pai que a minha irmã não teve. Por tê-las ajudado. Por protegê-las."

Ele me olha longa e detidamente.

— Tome conta de você, filha.

E como se tivesse lembrado de algo importante:

— E a casa? Que faço com ela? Vendo-a?

— Vendê-la? — Dou um meio sorriso. — O senhor pensa que alguém a compraria?

— Tem razão — admite. — Não vem ninguém a Barranca, nem para viver nem de passagem, e os que vêm é porque se perderam. Salvo a morte, que a essa não há quem a despiste.

Após uma pausa:

— Quanto ao resto… Há objetos de valor que vai querer conservar.

Nego com a cabeça.

— Distribua tudo: os vestidos, os móveis. E o que os vizinhos não quiserem doe a um asilo. Certamente que o padre conhecerá algum.

As vibrações do trem aumentam. Também a tosse.

— Enfim, Ángela: boa viagem… e boa sorte.

Diz. E crava nos meus olhos os seus olhos cheios de sombras.

E volta-me as costas.

E começa a afastar-se.

E aqui — assim — terminaria esta história… se não fosse porque o telefone voltasse a tocar, perfurando as minhas negras madrugadas.

E cada vez que atender, uma voz do outro lado da linha anunciará que alguém mais morreu: talvez Virtudes, ou dona Añita, ou Manolo, o do café; talvez o próprio senhor Gabriel, cheio de achaques da idade.

E com cada nome pronunciado na escuridão sentirei que se quebra outro elo do meu passado. Que já nada me liga ao passado. Que o meu passado é só uma memória longínqua, nebulosa, inalcançável.

E de novo nuvens; e de novo charcos; e este frio intenso que se me entranha nos ossos; e o roncar asmático do trem cortando o ar; e a máquina retomando sua marcha; e o inspetor fechando a porta e me escoltando — "por aqui, por favor" — ao longo de um vagão vazio.

E, agora, que já não há volta atrás; agora, que pela segunda vez fujo de Barranca; agora, que abandono definitivamente Manderley — esse lugar, distinto para cada pessoa, com o que sonhamos mas ao qual ninguém deseja regressar —, apoio a cabeça no encosto do meu assento, e fecho os olhos, e penso em minha mãe, e penso em Tecla, e no senhor Gabriel, e digo a mim mesma que terei de escolher entre o que ele me contou e o que não me disse. Terei, sobretudo, de esquecer quanto sei e aprender a viver com o que suspeito. Por que acreditar em quê? Que minha mãe, ao ir dar o beijo de boa-noite a Tecla, encontrou minha irmã morta e seu coração não conseguiu resistir?

Não sei explicar as razões que me fazem duvidar desta teoria defendida a ferro e fogo pelo senhor Gabriel, mas algo me diz que é demasiado bonita para ser verdade, demasiado fácil, demasiado cômoda.

E se não foi assim que tudo aconteceu? E se tudo se passou ao contrário?

E se não foi minha mãe que descobriu Tecla morta, mas sim Tecla que encontrou minha mãe sem vida?

Tecla levantando-se da cama, atormentada por um pesadelo ou pela tensão da sua bexiga. Tecla chamando pela mãe e acendendo as luzes à sua passagem, nervosa. Tecla tropeçando no cadáver da mãe e verificando a frieza desse corpo que horas antes sofrera um enfarto. Tecla sem compreender por que a mãe não responde, por que a mãe não se mexe, por que a mãe não se levanta e aperta-a nos seus braços. Tecla abanando a mãe, e a mãe mole, a mãe prostrada, a mãe inerte no chão, onde caíra fulminada.

Alto! A mãe morta no chão? Impossível: segundo o senhor Gabriel, os cadáveres apareceram na cama de Tecla. Quanto às luzes da casa, estavam apagadas e ele próprio foi acendendo-as quarto a quarto.

Mas que as duas aparecessem na cama de Tecla não significa nada. Talvez a mãe tivesse morrido no corredor, ou na cozinha, ou na sala, enquanto fazia a sua costura. Talvez Tecla a arrastasse até a cama para depois esperar a morte junto dela.

Tecla confusa. Tecla assustada. Tecla apavorada. Estendendo-se ao lado da mãe. Sem saber o que fazer, como reagir, a quem recorrer. O seu coração paralisado de medo. De angústia. De tristeza.

Deixando de bater o seu coração.

... ainda que não acredite: Deus — que tem de existir,

que não pode não existir – não deve ser assim tão cruel, tão impiedoso.

Também não acredito que minha mãe se suicidasse: se ela foi adiante mesmo após a fuga do pai ou da minha, por que iria acabar com a sua vida ao fim de tantos anos, desligando-se de Tecla? Além disso, o suicídio de minha mãe não explicaria a morte de Tecla.

Então o quê? Um assassinato? Um duplo homicídio?

Um ato de piedade, provavelmente.

Talvez nessa noite minha mãe estivesse pronta para se deitar quando a dor cravou as suas garras. Não uma dor como a da angina de peito: uma dor diferente, mais voraz e aguçada, mais profunda e intensa. Uma dor como nunca antes sentira. Talvez tenha se sentido morrer: sem ar, sem onde se agarrar, fulminada pela dor, à mercê da dor, agarrando de um gesto rápido o frasco dos comprimidos para o coração e olhando para ele hipnotizada; pensando que provavelmente com um, ou com dois, ou com três, a dor passaria, mas pensando também: e se esta é a última vez e depois desta já não há mais vezes nem mais dor como esta, tão aguda, tão devastadora? Acabará tudo com esta dor; nesta dor? Será o fim? Será assim o fim? Perguntas que destilam medo, porque se este é o fim, se além desta dor e desta noite não há nada, o que será de Tecla? Quem cuidará dela a partir de amanhã? Quem se interessará por ela?

"O que acontecerá quando eu faltar?"

"Minha menina", geme a mãe. Não se engana: sabe que agoniza; que a dor rasteja e se lhe enrosca pele adentro;

que se torna forte por momentos. O frasquinho de comprimidos de nitroglicerina permanece ainda fechado na palma da sua mão, mas ela não reage. Uma só imagem — a que tanto temeu durante toda a sua vida — ocupa a sua mente: Tecla abandonada e indefesa no Hospício de Santa Teresa ou num lugar parecido, o som dos seus passos multiplicando-se num labirinto de escuridão e de vozes, a sua boca fazendo uma pergunta, uma única pergunta, sempre a mesma, sempre distinta: "E a mamã? Onde está a mamã? Quando é que vai voltar?"

"Minha menina", repete a mãe, que se debate entre esta dor insuportável no meio do peito e das costas e este medo que abre caminho como uma faca em sua carne. E se na rua ladrou um cão, certamente que se lembrou da estrangeira de Pinos Blancos.

"Se eu não tomar conta deles, quem tomará?"

As palavras da estrangeira de Pinos Blancos martelando em sua cabeça.

"Prefiro adormecê-los a vê-los nas mãos das bestas deste vilarejo."

E o verdadeiro mistério desta longa noite de horas que se arrastam como areia entre as ondas é saber onde é que minha mãe vai buscar as forças necessárias para, no meio de tanta dor, ir à cozinha, abrir o frasquinho de comprimidos de nitroglicerina e esmagá-los; a sua vontade de impor-se a uma dor maior que não a impede de abrir a torneira, misturar com água o pó dos comprimidos e dá--lo a Tecla, que protesta adormecida, afastando o copo, enquanto minha mãe tenta não desfalecer: "Tome, filha, que são as vitaminas". Minha mãe pensando que é melhor assim. A frio. Em cima dos acontecimentos. Ou tinha tudo planejado devido à angina; desde há muito; desde o início?

"A sua irmã fica em casa, que é onde deve estar. E quando eu faltar, logo falaremos."

A mãe apoiando a cabeça de Tecla no seu ombro, a sua mão acariciando a mão da sua menina: "Estou aqui; você não sabe o que está acontecendo, mas eu estou aqui", sussurra-lhe ao ouvido: "Fique tranquila, filha, tranquila, que partimos juntas". Imagino-a dando palmadinhas na mão de Tecla com suavidade, ou apertando-a tão fortemente como a dor que lhe oprime o coração, os dentes apertados, a voz em um fio: "Coragem, minha querida, que falta pouco. Vai ver como tudo é bonito quando acordar". Imagino-a dando-lhe um último beijo na face ou nos cabelos, e nem em mil anos que vivesse a mãe voltaria a dar a ninguém – nem sequer ao meu pai – um beijo como este, como que talvez lhe desejando boa-noite, como que talvez lhe pedindo perdão, enquanto uma lágrima rebelde resvala dos seus olhos e a dor vai aumentando num crescendo. Ah, se a dor terminasse! Ah, se pudesse arrancar do peito tanta dor...! E a dor investindo insensível, impondo o seu domínio, e ela abraçada a Tecla, os dentes rangendo como se quisessem saltar da boca. Ela, lutando com raiva, aguentando à medida que nas profundidades do organismo de Tecla as células se extinguem devagar, em silêncio, esquecidas, ainda que provavelmente as células não se extingam silenciosamente: talvez rebentem como lâmpadas e a mãe seja incapaz de ouvir esses minúsculos ruídos, preocupada em agarrar a sua filha e em suportar a dor. Assim a imagino naquela última noite: esperando que o veneno surtisse efeito para se abandonar por fim. Porque essa espera é o pior; o pior é esse não baixar a guarda ainda, e, embora fosse preciso continuar a vigiar até com o coração parado, embora a vida se lhe tenha escapado há instantes pela boca, a mãe continuará a vigiar o rosto de Tecla até estar segura, completamente segura, de que tudo acabou para poder enfim descansar. E enquanto uma respiração cada vez mais pesada vai asfixiando o peito de Tecla, imagino minha mãe rezando. Falando com Deus. Atirando-lhe: "Depois desta noite quero que me mande para o Inferno, mas deixe a menina em paz, de acordo? Isto é entre Você e eu, Tecla não tem nada a ver com isto".

"E se puder ser, mas só se puder ser e não é pedir muito, meu Deus, que Tecla morra antes que eu. Que ninguém se veja obrigado a se responsabilizar por ela quando eu faltar. Que não se transforme num peso. Nem para a sua irmã nem para ninguém."

Imagino-a a desafiar Deus, o olhar inflamado de dor, de febre, de loucura: "Julgava que estava levando a melhor? Que ia abandonar a minha filha? Como vê, não. Fui eu que lhe dei a vida, sou eu que lhe tiro". E Tecla, com os olhos abertos mas já muito longe dali, muito longe daquele quarto e daquela noite, muito longe da mãe; Tecla inalcançável, as rugas desaparecendo do seu rosto, as suas feições suavizando-se, os movimentos do seu peito lentos, os movimentos do seu peito cada vez mais descompassados, cada vez mais descoordenados, o seu corpo desligando-se, o seu corpo desinchando, a cabeça caindo devagar para trás, sobre a mãe, que já não pode ou não sabe ou não quer conter as lágrimas: a sua menina está partindo, a sua menina partiu. A mãe sussurrando "adeus, minha menina"; a mãe murmurando "perdão, meu amor"; a mãe sussurrando "agora é você que deve me guiar, e não solte a sua mão da minha, combinado?"; a mãe recostando a cabeça na almofada e dizendo "estou preparada, já posso ir em paz", o seu último pensamento, o nome do seu melhor amigo e confidente: Gabriel.

"... *para isso que eu estou aqui, Ángela: para preencher a papelada e encobrir tudo isto.*"

O senhor Gabriel, oxalá que dentro de umas horas não falte ao seu encontro de todas as manhãs: a minha mãe precisa dele para pôr definitivamente à prova a sua lealdade, talvez o seu amor. E o senhor Gabriel cumpre, tenho a certeza que cumpre. O senhor Gabriel não foge às suas promessas. O senhor Gabriel apaga pistas e marcas, embora num primeiro momento, ao descobrir os cadáveres, sinta-se desmoronar. Mas recompõe-se logo a seguir. Logo que as lágrimas lhe permitam ver claramente. Logo que o seu olhar veja — ali, junto à cama, na mesinha de cabeceira, onde a mãe os deixou como um sinal — o frasquinho vazio dos comprimidos para o coração e o copo. Logo que adivinhe. Não é preciso ser um lince. Assim que o senhor Gabriel se recomponha vagarosamente, seque o seu pranto e feche os olhos de minha mãe e de Tecla. Ele espera passar a vertigem e, sem dúvida, sem a menor vacilação, coloca o frasco de comprimidos de nitroglicerina no bolso do casaco e vai lavar o copo na cozinha. Um pouco depois abandona a casa. Deve preparar tudo: o duplo funeral, o duplo enterro. O trabalho amontoa-se: tem de silenciar as suscetibilidades de uns e outros, falsificar as certidões de óbito, avisar a Guarda-Civil...

"Vantagens de ser médico do vilarejo. E não é para me vangloriar, filha, mas ser médico de um vilarejo que ficou sem pároco e sem Junta de Freguesia é como ser Deus. Os vizinhos, geralmente fofoqueiros e críticos, confiam na palavra do médico. Que assegura que alguém morreu de reumatismo no sangue! Pois é a sua mentira que vai à missa e não se fala mais nisso. Nem sequer os do quartel da Guarda-Civil fazem perguntas. Quanto ao juiz, que quer que eu diga: o juiz está muito longe."

Já noite adentro, o senhor Gabriel entra, sem que ninguém o veja, na casa e deixa outro frasco de comprimidos de nitroglicerina. Para que eu o encontre; para que não dê pela falta do mínimo detalhe; para que não lhe coloque muitas questões. Por último, me telefona. Não é que queira, mas não pode deixar de fazê-lo.

"Ángela...? Ángela, filha, não se altere e escute..."

Sabe que irei. Sabe que atenderei à sua chamada. O que não sabe é como se enfrentar comigo, como vencer as minhas reservas.

Talvez o senhor Gabriel pense na solução sentado na estação enquanto me espera, vendo passar os trens: talvez – pense – o truque consista em contar-me uma historieta qualquer quando, logo que chegue a Barranca, eu pergunte – que perguntarei – pelas causas de ambas as mortes ou evidencie — como sem dúvida o farei — a espinhosa questão das necropsias.

"O que vamos ganhar com isso, Ángela? Diga, o que vamos ganhar remexendo no interior do corpo da menina? Averiguar o que jantou na última noite ou almoçou no último dia? Confirmar que não morreu de uma embolia, mas sim de um tumor? E o que ganharíamos em saber? Para que nos serviria essa informação? Para dormir mais descansados? Para tranquilizar as nossas consciências? Mas, minha filha, será que você consegue dormir bem? Admita: alguma vez conseguiu dormir bem? Desde que foi embora, teve alguma vez a consciência tranquila?"

Não falha: a sua ira, fingida ou não, consegue me fazer sentir mais culpada do que nunca e assim eu não dê a ordem para que os cadáveres revelem a verdade.

Quanto, quanto trabalho o desse velho, e que bem-acabado. O senhor Gabriel, o último pensamento de minha mãe naquela noite, antes de se entregar à dor no meio de um silêncio marcado pelo tique-taque do relógio de minha avó, que num ataque de loucura começa a inventar badaladas impossíveis, vinte, trinta, quarenta, como se com cada nova badalada quisesse despedir-se de Tecla, de minha mãe, dizendo-lhes "deus, Deus", e que Deus tenha piedade de todos nós e que perdoe os nossos pecados.